El Canto Del Cisne De La Belleza Del Sur

cuentos de después de la guerra

Por TL Dunn

Capítulos

Prólogo

Augusta, Georgia - Residencia de Catherine Booker
3 de febrero de 1865

Catherine Booker miró a las dos mujeres sentadas en silencio en su salón elegantemente decorado. Aunque sus bocas estaban ociosas, sus manos no lo estaban. Cada uno trabajaba hábilmente en su tarea, que consistía en coser mantas y organizar los bienes para los necesitados. Parecía haber un montón de almas desamparadas. La guerra estaba llegando a su fin, pero la destrucción y el horror de la misma todavía estaban muy vivos. Los refugiados de la cruzada del general Sherman contra la confederación abarrotaron su ciudad, una vez pacífica, creando escasez de casi todo lo que ya estaba siendo cuidadosamente racionado.

Miles habían ido y venían en interminables oleadas de desesperación, cayendo sobre los buenos ciudadanos de Augusta, quienes tenían poco de lo que prescindir. Aquellos que vivían en grandes casas o plantaciones, en cualquier lugar que pareciera seguro y próspero, tenían ejércitos de hombres y mujeres harapientos y medio hambrientos golpeando sus puertas. Eran individuos angustiados que pedían comida o cobijo, día y noche. La mayoría de los habitantes anteriormente prósperos intentaron ayudar a sus vecinos de cualquier manera posible. Algunos días era demasiado tener que mirar los rostros tristes. Gritos angustiados llenaron la ciudad devastada.

Catherine había conocido a las mujeres de su círculo de costura durante gran parte de su vida. En una época mejor, una que parecía tan lejana, todos habían tenido sus fiestas de presentación del armario con unos pocos años de diferencia. Habían sido invitados a la mayoría de los mismos eventos sociales, como bodas, bautizos de bebés, funerales, etc. durante años. De todas las cosas que la vida les había arrojado, la guerra había sido la peor dificultad con diferencia.

A su derecha estaba sentada Helen Smith, pasando pacientemente la aguja a través del material grueso una y otra vez hasta que sus ágiles dedos sangraron. Su cabello rubio se había visto como oro hilado cuando era más joven. Ahora la luz de una de las altas ventanas detrás de ella iluminaba una gran cantidad de rayas plateadas. Empezaban a superar en número a los dorados, pero le convenía. El contraste dorado y plateado la hacía lucir angelical. La dulce, amorosa y maternal Helen que tuvo nueve hijos sanos y solo quería cosas buenas para todos ellos.

Helen y su esposo Clyde eran cristianos respetables y verdaderos creyentes. No usaron la religión como una forma de ganar más estatus social como algunos lo hicieron, sino que Catalina los había visto vivir la palabra de la Biblia una y otra vez. Donan a organizaciones benéficas con frecuencia, asistieron a la iglesia con regularidad, nunca actuaron vulgarmente, rezaron con frecuencia y perdonaron a los demás repetidamente. Dos de sus hijos habían muerto en la guerra hasta el momento, y esto pareció desatar aún más compasión de su corazón. Se esforzó más que nadie que Catherine conociera para brindarles a los refugiados el poco de amabilidad que pudiera, y lloró con todo su corazón cuando no tenía nada más que dar.

A la izquierda de Catherine estaba Edith Adams, preocupada por una puntada caída. Edith siempre estaba preocupada por algo. Había sido así desde que se conocieron, pero últimamente se había convertido en un pánico frenético casi constante. Esto no fue sorprendente considerando que la vida le había dado una mano salvaje. Si la guerra en sí misma no hubiera sido suficiente para llevar al límite incluso a las personas más tranquilas, Edith habría perdido un hijo hace dos años y una hija recientemente. Su hija había trabajado en un hospital y había contraído una enfermedad terrible que la mató cuarenta y cinco horas después. Las líneas de preocupación en el rostro pálido de Edith se hicieron más pronunciadas cada vez que Catherine la veía. Tenía algo en mente estos días, pero hasta el momento no había dicho qué era.

De repente, las puertas francesas del salón se abrieron y Sissy, una joven negra de unos quince años, entró con un refrigerio de la tarde en una bandeja de plata y la sentó en una pequeña mesa cercana. La observaron mientras servía el té y con movimientos gráciles de sus brazos largos y delgados. Ella nunca dijo una palabra. Hacía mucho tiempo que había aprendido qué refrigerios les gustaban a las damas. Catherine siempre fue una anfitriona amable, y pronto cada uno tuvo una variedad de pasteles y pequeños bocadillos para elegir.

Sissy había sido la esclava de la Sra. Booker aquí desde que nació. Su madre Bess también había estado aquí toda su vida. Aunque habían sido liberados, Bess había decidido que sería mejor para ellos permanecer como sirvientes pagados en lugar de arriesgarse en un mundo tan lleno de caos. Hicieron lo que siempre habían hecho, Bess trabajaba en la cocina y Sissy servía como sirvienta. Bess tenía un tono de piel medio oscuro y estaba casi calva. Sissy tenía el pelo negro, corto y rizado, y una tez mucho más clara que sugería que su padre era de piel clara. Mientras Sissy se preparaba para irse, entró Regina Garrison.

"Buenas tardes a todos", dijo alegremente. Al notar la atmósfera solemne, levantó una ceja y dijo: "Siento llegar tarde, sin embargo, veo que no me he perdido mucho. Es casi tan silencioso como una cripta aquí.

Edith hizo un pequeño ruido que Catherine interpretó como una señal de desagrado por el comentario de Regina. Regina nunca se anduvo con rodeos. Tenía una personalidad fuerte que a la gente le gustaba o se ofendía de inmediato. Catherine no tenía más que respeto y admiración por Regina. Del grupo de mujeres presentes eran las amigas más cercanas. Catherine se levantó de su asiento y saludó correctamente a su último invitado.

"Regina, querida, sabes tan bien como yo que a veces hay mucho de qué hablar y, a veces, nada en absoluto".

"Tonterías", bromeó Regina. "Sabes que solo estabas tratando de mantener todos los buenos chismes para ustedes. Probablemente sobre mí, siendo el recién llegado y todo".

Regina, que era la única de ellas con la confianza suficiente para compartir su edad real, cuarenta y dos, era la más joven de las cuatro mujeres por varios años. Ella no había sido parte de su grupo original de amigos. Su hermana mayor, Christina, había sido parte de su círculo de costura durante años, hasta que murió hace unos diez años. Cuando el grupo de amigos se acercó y consoló a su única hermana, Regina, rápidamente también se convirtieron en sus amigos.

"Todo lo contrario", respondió Helen con una voz dulce y azucarada. Sus labios estaban ligeramente hacia arriba. "Estábamos esperando que llegaras para poder escuchar los chismes de ti". Las otras damas rieron en agradecimiento por el ingenio de Helen.

Regina se acomodó en el sofá cerca de Edith. Sissy le sirvió los refrescos a Regina, y Regina asintió cortésmente. Catherine asintió con su cabeza pelirroja en dirección a Sissy, dándole la señal para irse. Miró al grupo completo con orgullo.

"Todavía podemos reírnos", dijo en voz baja. "Al menos la guerra no nos ha quitado eso... todavía".

"Aunque ciertamente lo ha intentado", murmuró Edith. "Ya ha costado bastante".

Edith era delgada y pálida, con ojos grandes y preocupados. Tenía un aspecto tan delicado que a los demás les preocupaba que pudiera desmayarse en cualquier momento. Su nariz prominente y sus ojos entrecerrados la hacían parecer un pájaro a veces.

Con la llegada de Regina, la sala se llenó de energía y la conversación mejoró rápidamente. Aunque no había mucho de qué reírse, se encontraron haciendo precisamente eso. Pronto todos estaban sonriendo de oreja a oreja ante historias personales del pasado.

"¿Recuerdas la vez que Lady Buxtram llegó de Inglaterra y tuvo el caso más espantoso de los vapores?" Catherine había hecho la pregunta, esforzándose mucho por ocultar la sonrisa en su rostro y fallando.

"Mi rostro debe haber sido el tono de rojo más impropio", dijo Regina, sonrojándose incluso ahora. "Catherine, no estabas mucho mejor. Apto para ser atado si alguna vez lo viera. Y Edith estaba bastante temblando de histeria silenciosa". Esta observación provocó una nueva ronda de risitas de las mujeres.

"Por qué, el único de nosotros que actuó como una dama ese día fue Helen, bendiga su corazón". dijo Edith.

"lograste , querida?" preguntó Catalina.

Helen parecía muy avergonzada e incluso un poco culpable. Dudó un momento antes de responder. "Bueno, debo admitir que no fue fácil en lo más mínimo. Traté de imaginar la vergüenza que causaría si cualquiera de nosotros hubiera estado en esa situación", dijo con un brillo en los ojos.

"Desafortunadamente, la idea de que alguno de ustedes tenga tal condición solo empeoró. Estaba tensando mi corsé con la risa silenciosa, y lo creas o no, ¡eso es exactamente lo que funcionó! Una de las costillas de mi corsé se aflojó y cuando lo hizo, simplemente se desplazó a la posición más insoportable. De hecho, era muy doloroso si me movía más que una pequeña cantidad. Bueno, por supuesto que no podía simplemente irse e ignorar a nuestros invitados, y apenas podía adaptarme frente a la compañía. Así que tuve que sentarme allí con un hueso afilado contra mi caja torácica durante casi dos horas. Supongo que era una especie de guardián contra los malos modales.

No me atrevía a reír. Perdona mi grosería, pero la verdad es que al volver a casa descubrí que me había hecho un gran corte en el costado. Menos mal que el Señor tuvo a bien que no recibiera más compañía por algunos días. Simplemente no podría haberme puesto otro corsé durante al menos una semana después".

Esta revelación fue recibida con mucha simpatía por el grupo.

"Oh, pobrecito", dijo Edith, pareciendo muy preocupada.

"Qué horrible", dijo Catherine con el ceño fruncido.

"No puedo imaginarlo", dijo Regina, luciendo horrorizada. Era sabido entre las damas que Regina solo usaba corsés en ocasiones muy importantes, y los odiaba con una pasión que sólo Regina podía tener por una prenda de vestir.

"Podría haberte ayudado si me lo hubieras pedido", dijo la siempre práctica Catherine.

"Tonterías", dijo Helen. "Lo único que podría haber sido peor que quedarse sentado, habría sido confesárselo a alguien".

Un rato después, la alegría se había calmado. La velada estaba llegando a su fin y pronto tendrían que irse a casa. La vida real los esperaba fuera de la elegante puerta principal de Catherine. La guerra comenzó a pesar mucho en sus mentes una vez más. Había tomado mucho de todos ellos, pero el consenso general parecía ser que Catherine había sido la menos afectada. Por supuesto que había perdido mucho como los demás. Tuvo que liberar a sus esclavos, vender algunas propiedades y pagar los nuevos impuestos. Por suerte, todavía tenía bastante dinero y conexiones sociales intactas gracias a las sensatas inversiones de su marido.

Sin embargo, la principal razón de su continuo éxito fue también una fuente de profundo dolor para Catherine. Su esposo, Earnest, había muerto hacía algunos años de una enfermedad febril a la edad de cincuenta años. Ella nunca lo había amado, pero supuso que habían tenido un buen matrimonio. Earnest nunca la había golpeado, y era un hombre justo y honesto, como sugiere su nombre.

Lo más importante es que había escuchado los consejos de Catherine sobre qué inversiones evitar. Por eso, Catherine sabía dónde estaba invertida la herencia de su familia y qué se podía hacer con ella. Esto le dio a Catherine mucho más control y poder sobre el estado de cosas de su familia que la mayoría de las mujeres. Por eso ella siempre estaría verdaderamente agradecida, pero la verdad era que no lo extrañaba. En todo caso, estaba disfrutando de la libertad de la viudez. Sabía que era un pensamiento pecaminoso, pero no podía evitarlo. La independencia le sentaba mucho mejor que el matrimonio.

Los otros no tuvieron tanta suerte. La familia de Edith todavía tenía una pequeña suma de dinero, pero pronto no sería suficiente. Independientemente de lo que decidieron hacer con el resto, tenían que tener mucho cuidado de que fuera una buena inversión a largo plazo. No estaban en la indigencia, pero tendrían que tener mucho cuidado.

Las familias de Helen y Regina fueron las más afectadas. Las dos mujeres tuvieron reacciones muy diferentes ante las nuevas dificultades financieras. Helen y su esposo estaban algo acostumbrados a estar cerca de los pobres y necesitados. La pareja a menudo donaba tiempo y dinero a causas nobles. Sabían que mientras tuvieran comida en la mesa, un techo sobre sus cabezas y el uno al otro, Dios se encargaría de que todo saliera bien de alguna manera.

Regina y su esposo Thomas, por otro lado, sufrían y estaban desesperados por recuperar algo de estabilidad. Nunca habían sido pobres o incluso habían estado alrededor de los pobres más allá de lo absolutamente necesario. Ambos lados de su familia habían sido ricos durante varias generaciones. Nadie les había enseñado nunca qué hacer si se acababa el dinero. Regina compensa esto actuando como si todo estuviera bien y que estuvieran tan bien como siempre. Regina siempre se comportó como la Reina que sentía que era.

Sin el conocimiento de las otras damas, si todo salía de acuerdo con el plan clandestino de Regina, no tendrían que soportar esta situación por mucho más tiempo. Ya tenía en mente una boda para su hija Amelia de dieciséis años que los pondría de nuevo en la cima muy pronto. Si todo salió según lo planeado.

"¿Recuerdas cuando éramos niñas?" preguntó Helen en voz baja, rompiendo el silencio. "Las cosas eran mucho más simples entonces. Dios sabe cómo nuestras hijas encontrarán hombres para casarse después de esto. Ha habido tanto derramamiento de sangre. Tantos buenos hombres perdidos.

"Todos los que conozco han perdido a alguien. Un hijo, un sobrino, un tío, un vecino… incluso una hija", dijo Edith con tristeza. Ella suspiró profundamente y miró a la chimenea.

"Encontraremos una manera. Nuestras hijas encontrarán un camino. Dios encontrará la manera", dijo Helen después de unos minutos. En el fondo estaba tratando de convencerse a sí misma. "El que más me preocupa ya está comprometido de todos modos".

"Oh, te refieres a Ellen", dijo Edith.

"Sí. Elena. Está tan enamorada de su soldado. Solo espero que vuelva como el mismo hombre del que ella se enamoró. La guerra cambia a los hombres. Todos hemos visto eso".

"Bueno, al menos no está comprometida con alguien completamente inaceptable. O fingiendo estar comprometida, como mi hija Mary. En lo que a mí respecta, pueden decir que están comprometidos, pero no se atreverían a casarse sin mi permiso, por lo que no están comprometidos en absoluto", dijo Catherine con voz muy decidida.

"Sin embargo, si ella realmente lo ama..." Helen interrumpió su pensamiento a mitad de la oración cuando Catherine lanzó una mirada de advertencia a su amiga.

"Si alguien tiene motivos para preocuparse, soy yo", dijo Edith. "Anna le va a dar un ataque al corazón a su padre con sus formas salvajes. Por supuesto que también me preocupo por los demás, soy madre, es mi trabajo, pero Anna es muy animada. No sé qué hacer con ella".

"¿Qué ha hecho ella ahora?" preguntó Catalina.

Edith hizo una pausa. "Bueno... se niega a llevar el pelo recogido, y jura que nunca se casará... ¡y espera una vida de soltería! Aunque ella lo llama independencia. Ella suspiró profundamente. "Al menos mis otros hijos son hombres. La gente espera que los hombres sean un poco rebeldes y autosuficientes. Me estremezco al pensar qué pasará con Anna si nunca se casa. A pesar de toda su charla sobre la independencia, parece no tener ninguna inclinación por encontrar una profesión adecuada".

Fue entonces cuando notaron el inusual silencio de Regina. Se volvió incómodo y silencioso. Después de unos minutos más, Catherine habló. "Entonces, Regina, cuéntanos cuán adorable es Amelia en estos días. ¿Cuántos años tiene ahora?"

"Amelia tiene dieciséis ahora y le va muy bien en sus estudios. Ella supera los estándares en escritura y lectura".

"Tiene ella todavía tiene planes para cuando su va a salir? Por supuesto, todavía faltan dos o tres años para eso, y muchas familias ya no siguen esas reglas de conducta".

"Oh, sí, bueno, pronto se comprometió para casarse", dijo Regina mientras miraba sus manos.

"¿Ya?" preguntó Edith con leve sorpresa. Aunque estaba bastante bien aceptado que las mujeres salían del armario entre los dieciocho y los veinte años, y la mayoría no se casaba hasta un año o dos después de eso, no era raro que las mujeres jóvenes se casaran alrededor de esa edad.

"Sí, de hecho. Ella aún no lo sabe, pero su padre y yo hemos arreglado una unión bastante beneficiosa".

"Por favor, dime quién es el afortunado?" preguntó Catherine, arqueando una ceja.

"No sabía que tenía un pretendiente", interrumpió Helen.

"Después de una moda. Se nos acercó el Sr. Quincy Brown. Nos informó que estaba buscando novia y que Amelia le había llamado la atención recientemente".

Hubo un latido de silencio antes de que la información se hundiera en el grupo. Entonces todos empezaron a hablar a la vez.

"Bueno, estoy bastante sorprendida..." dijo Catherine.

"¿Dijiste Quincy Brown? ¿Dijo QUINCY Brown? ¿Sénior?" preguntó Edith en un tono alto, casi histérico. Sus manos hicieron movimientos de aleteo.

Quincy Brown? preguntó Helen, pareciendo sorprendida. "Parece un partido inusual, debo decir".

"Ahora, ahora, señoras, por favor", dijo Catherine. "Adelante Regina."

"Sé lo que todos están pensando", dijo Regina después de una pausa. "Tenía los mismos pensamientos. Créame, hubiera preferido que un hombre más joven se casara con mi hija, que todavía es muy joven. ¿Pero alguno de ustedes puede culparme? ¿Hubieras rechazado la oferta si fuera una de tus hijas? Yo creo que no. El Sr. Brown puede estar un poco gris, pero goza de buena salud. Es un hombre de hábitos moderados, buena reputación y, lo más importante, sé que casarme con él significaba un futuro seguro para Amelia. ¿No es eso lo que todos queréis para vuestras hijas también?

El silencio que siguió lo dijo todo. Nadie podía negar los muchos beneficios de casarse con un hombre así.

Capítulo 1

Comienza Un Largo Viaje

Anna Adams, 24 años
7 de marzo de 1865

Bump. Bulto. Bulto. Anna apoyó la cabeza en el lujoso asiento rojo de la diligencia tratando de aliviar un poco el constante cambio. No proporcionó el efecto deseado en absoluto. Los dos pasajeros frente a ella le dieron sonrisas de complicidad. El viaje desde su hogar en Augusta Georgia hasta su nuevo hogar en el oeste, un pequeño pueblo de Texas llamado Dallas, no había sido fácil. Solo habían pasado unos días, pero cada hueso de su cuerpo le dolía por los caminos accidentados y el cansancio general que acompaña a los viajes.

Su estado emocional no era mucho mejor. Por supuesto que estaba emocionada de comenzar una nueva vida, libre e independiente de su madre emocionalmente asfixiante. *Oh, mamá tiene buenas intenciones,* se recordó a sí misma. *Ella me ama demasiado a veces.*

La infancia de Anna había sido bastante conservadora y protegida. Una educación por la que estaba agradecida. Al crecer, nunca tuvo que preocuparse de dónde vendría su próxima comida, o si su padre se escaparía, o si su madre bebía demasiado, ni nada por el estilo. Tuvo la rara oportunidad de ser simplemente una niña sin preocupaciones ni presiones adicionales. Fue un tiempo sencillo, con todo el privilegio que venía con la posición de sus padres en la vida.

Luego todo cambió cuando cumplió los doce o trece años. De repente, ella y su madre Edith comenzaron a tener luchas de poder por cosas tontas. Eran pocos y muy separados al principio, pero luego, a medida que Anna crecía, sus puntos de vista parecían diferir en más y más temas. Su madre parecía preocuparse por las cosas más extrañas y prácticamente se aislaba del mundo. Anna, por otro lado, se convirtió en un espíritu libre, a menudo desafiando el status quo a su manera.

Parecía que todos los pasatiempos típicos que interesaban a las jóvenes la aburrían hasta las lágrimas. Era terrible pintando, cantando o tocando cualquier instrumento musical. Coser la hacía sentir miserable, pero al menos era bastante decente en eso. Desafortunadamente, esto la llevó a pasar largas horas en el círculo de costura, escuchando a su madre divagar sobre varios chismes de la sociedad.

Alrededor de los dieciséis años, Anna simplemente no podía soportar estar en la misma habitación que su madre por mucho tiempo, por lo que comenzó a pasar mucho tiempo al aire libre, lo que, por supuesto, Edith también desaprobaba. Así fue como Anna empezó a montar a caballo, a menudo cazando por el camino si iba acompañada de perros u otros jinetes. Esto fue algo que Edith realmente alentó. Dentro de unos años, muchos la llamarían una amazona consumada. Su montura favorita se llamaba Lady Agile. Señora obediente, que era un hermoso gris moteado con calcetines blancos. Había sido la época más feliz de la vida de Anna.

Cuando estalló la guerra cesaron muchas de las desavenencias entre madre e hija. Principalmente porque Anna ya tenía la edad suficiente para darse cuenta de que algunos de los temores de su madre estaban arraigados en la realidad de un clima político cada vez más peligroso. Después de que su hermano mayor muriera de una herida infectada en el campo de batalla, y su hermana gemela, que era enfermera, muriera poco después, esto quedó dolorosamente claro para Anna.

A medida que avanzaba la guerra, Anna comenzó a escuchar historias de mujeres que se vestían como hombres y se unían al Calvario. Inicialmente, esto le atrajo mucho, pero después de pensarlo durante varias semanas, se dio cuenta de que, si bien su antiguo yo se habría lanzado con vigor, su nuevo yo no podría hacerles eso a sus seres queridos. No después de la muerte de su hermano y hermana. Y así, ella esperó. La verdad era que en ese momento no tenía idea de lo que realmente estaba esperando.

Cuando sucedió, ella lo supo. Ocurrió en febrero. La muerte, la pobreza, la enfermedad y el hambre parecían estar por todas partes a su alrededor. La seguridad que había conocido de niña ya era un recuerdo lejano. La mayor parte del impacto de perder a su hermano y hermana se había desvanecido en la casa Adams, pero el miedo y la ansiedad de su madre se habían triplicado. Edith parecía obsesionada con encontrar alguna manera de garantizar que sus hijos estuvieran a salvo. Muchas personas habían tratado de decirle que ese era un sueño imposible, pero ella estaba decidida.

No estaba preocupada por su hijo Louis, su hijo mayor. A los veinticinco años estaba recién casado y vivía en una granja en el territorio de Oklahoma. Tampoco estaba preocupada por Robert, su hijo menor que tenía diecinueve años. Ella y su esposo, John, se habían asegurado de que Robert estuviera en una situación adecuada como aprendiz en Inglaterra en el momento en que comenzó a hablar de unirse al ejército. Antes de la guerra, nunca habían encontrado ningún aprendizaje apropiado para un niño de su entorno, pero al menos lo había alejado de la guerra.

Eso dejó a Anna. Así fue que cuando, a fines de febrero, Edith propuso la idea de que Anna se fuera a vivir con su tía Lillian hasta que las cosas se calmaran, Anna no se sorprendió demasiado. Lo único sorprendente de esto eran sus sentimientos. En lugar de sentirse desamparada, rechazada, asustada o ansiosa como cualquier joven dama, Anna sintió una ardiente confirmación en su alma de que esto era lo que había estado esperando todo este tiempo.

Así había comenzado su viaje hacia el oeste. Después de una despedida llena de lágrimas, había abordado un tren que la llevaría parte del camino. Cuando sintió que el tren comenzaba a moverse, sintió mariposas en el estómago. Saludó a sus padres a través de la ventana y, en el fondo de su corazón, Anna sabía que no regresaría a Georgia en el corto plazo. Tal vez nunca...

El viaje en tren había sido bastante emocionante. Aproximadamente a la mitad del final de la línea en Luisiana, dos hombres enmascarados lograron abordar el tren. Esto había sido un gran error de su parte, porque sentados justo enfrente de Anna había dos apuestos soldados confederados que derribaron a los hombres en un abrir y cerrar de ojos. Esto había dejado a Anna, que apenas había visto a un hombre de su edad en los últimos dos años, bastante encaprichada por el resto del viaje.

Que guapos se ven con sus uniformes grises. Me gusta especialmente la barba de ese. El otro tiene una barbilla fuerte... solo mira esa hendidura. Ambos tan valientes y confiados. Los pensamientos vinieron a su mente antes de que pudiera censurarse a sí misma. Se sonrojó y miró por la ventana, tratando de pensar en temas más apropiados. Esto resultó ser más difícil de lo que pensó que sería, ya que podía sentir sus ojos sobre ella.

Siendo honesta consigo misma, Anna sabía que no era una belleza. Su cabello era de color castaño claro y de textura áspera, era alta para una mujer y tenía una constitución robusta. La mayor parte era músculo que había desarrollado mientras montaba a caballo, pero nunca sería pequeña. Manos grandes, pies grandes, hombros anchos. “Grandes huesos” es lo que algunas de las chicas habían susurrado sobre ella. Tupidas cejas oscuras colgaban sobre sus ojos color avellana.

Sin embargo, sus ojos eran algo de lo que estaba orgullosa. La mayoría de la gente de su familia tenía los mismos ojos color avellana azul verdosos. Y, sin embargo, estos dos soldados no dejaban de mirarla de vez en cuando. Tal vez sea porque no han estado en presencia de una mujer en mucho tiempo. Fue un gran alivio cuando llegaron a la estación y se separaron, los hombres de gris le hicieron pequeñas reverencias y la ayudaron a bajar del tren con su equipaje.

Después de algunas dificultades, había encontrado el autocar que la llevaría a Texas. No iba a partir hasta la mañana del día siguiente, por lo que agradeció la hospitalidad ofrecida en la parada del escenario. Edith le había dicho que las paradas de diligencias tendrían un lugar para dormir y comer. También le advirtió a su hija que había escuchado muchas historias de advertencia sobre algunas de las comidas más difíciles. Cuanto más se alejara de los "pueblos civilizados de la costa este", más cautelosa tendría que ser. Afortunadamente esta parada no se veía tan mal. Pronto Anna descubrió que su comida era bastante satisfactoria. Consistía en una galleta, pescado, café y frijoles.

A la mañana siguiente, después de una noche agitada en un colchón lleno de bultos, Anna estaba lista para salir de nuevo. La diligencia esperó en la parada, y para Anna fue una de las cosas más hermosas que había visto en su vida. La madera oscura se vio compensada por los asientos rojos en el interior y los adornos dorados. Cuatro caballos marrones estaban orgullosos en dos filas en la parte delantera del carruaje. Se veían muy saludables, con pelaje brillante y músculos tonificados. Sin duda fue una vista bienvenida. Con renovada confianza, Anna dio un paso al frente y tomó asiento.

Capítulo 2

Una Sorpresa En Primavera

Ellen Smith, 22 años
15 de abril de 1865

La guerra había terminado oficialmente hacía unos días y ahora reinaba un silencio espeluznante. No hubo más explosiones en la distancia, pero este sonido ahora familiar fue reemplazado por algo aún más aterrador. Miedo al futuro desconocido que les esperaba. Incluso este río junto al que caminaba, este mismo río que una vez había sido tan reconfortante para ella, ahora tenía un significado diferente.

En su estado de ánimo actual, a Ellen Smith no le hubiera importado menos que la guerra hubiera continuado para siempre. Apenas se había dado cuenta de que el sur finalmente se había rendido porque estaba peleando su propia batalla interna. A su alrededor, la gente sintió emociones profundas, ya sea una razón para celebrar o la mayor desesperación. Alguna cosa. Ellen, por otro lado, no podía sentir nada de eso. John Bowyer había sido el amor de su vida y ahora se había ido.

La última vez que Ellen había visto a John había sido a principios de marzo. Ese día vivía en su mente. La nieve se había derretido en su mayor parte y habían comenzado a aparecer nuevos brotes en el follaje. Los pájaros cantaban en voz alta, llamando a sus compañeros. Ellen había estado sumida en sus pensamientos escribiendo cartas en el escritorio de madera oscura tallada a mano en el salón junto a la chimenea, cuando llamaron a la puerta principal. Nadie en la casa esperaba compañía, pero ella había dejado su asiento a regañadientes para abrir la puerta. A veces era una molestia tener padres que no tenían a nadie para hacer estas cosas.

Cuando abrió la puerta, se quedó sin aliento y sintió que iba a gritar y llorar a la vez. Allí, en la puerta, estaba John, de pie, alto y guapo con su uniforme. El espeso bigote rojo de John pegado a sus patillas debajo del cabello despeinado. Sus ojos color miel bailaron al verla. Sus dientes blancos y rectos se mostraron mientras sonreía. Pareció una eternidad y, sin embargo, probablemente pasaron solo unos momentos antes de que Ellen cayera en sus brazos llorando feliz. John la abrazó con entusiasmo y ella inhaló con avidez su olor. Incluso bajo el hedor de la pólvora y el barro seco, era un olor familiar. fue Juan Su Juan!.

Ellen había conocido a John cuando estaba pasando por una etapa incómoda a los diecisiete años. Para todos, excepto para la propia Ellen, era obvio que era encantadora, y estaba claro que algún día sería una verdadera belleza. Especialmente una vez que gané algunas libras y algo de confianza. John era de una familia muy establecida, aunque más pobre, lo que los ponía más o menos en el mismo nivel social. Era un excelente bailarín y le encantaba reír. Era terriblemente guapo, incluso entonces, con un cuerpo atlético y una nariz aristocrática. Se habían notado esa noche, pero solo habían compartido un baile.

Aproximadamente un año después de eso, se reencontraron. Y luego otra vez. Parecía que siempre se reunían en eventos sociales. Llegó a esperarlo como su pareja de baile. Pronto quedó claro que se habían encariñado mucho. Todo apuntaba a que se trataba de un romance de cuento de hadas con final feliz. Le había dado a Ellen su primer beso. A sus padres no les había importado que la familia de John tuviera menos seguridad financiera, solo que su hija estaba enamorada. John siempre estuvo ahí para ella. Estable como una roca, tranquila como un arroyo perezoso, más amable que nadie jamás había sido con ella. Se entendieron.

"¿Qué estás haciendo aquí?" Ellen exclamó con alegría.

"Pedí permiso. Le dije a mi comandante que tenía que ir a proponerle matrimonio a mi Lady Friend antes de que se casara con otra persona", dijo, con los ojos brillantes de picardía.

"¡Pero ya estamos comprometidos!"

"Sí, bueno, entonces supongo que soy una sucia mentirosa. Tenía que hacer algo para poder verte", dijo. La miraba profundamente a los ojos y le tocaba la cara con ternura. "Además, tenía que asegurarme de que realmente no te ibas a casar con otro hombre, ¿verdad?"

"¡John, sabes que nunca podría!"

"Querida mía, cuando un hombre tiene a la mujer más hermosa del valle como su prometida, sería un tonto si dejara su corazón desatendido. Y cuando digo hermosa me refiero a hermosa tanto en espíritu como en apariencia".

John se quedó a cenar y después dieron un paseo por el río. Ellen se consideraba muy afortunada de tener unos padres tan comprensivos. La luna estaba casi llena y el agua lamía suavemente los juncos. Siempre había sido uno de sus lugares favoritos. Esa noche habían hecho el amor por primera vez. Fue rápido y poderoso. Ambos sabían que debían sentirse culpables, pero no lo hicieron. Los primeros signos de la primavera los rodeaban, y su amor floreció junto con ella, como la progresión más natural que podría haber.

Ellen estaba tan feliz por los cinco días que John había podido quedarse en la ciudad. John pasaba la mayor parte de sus días con sus padres y la mayor parte de las noches escapando para ver a Ellen. Cinco dulces noches llenas de besos y arrastrándose hacia el bosque o una parte vacía de la casa. Dondequiera que pudieran estar juntos. Durante esos cinco días, el resto del mundo desapareció y estaban completamente preocupados el uno por el otro. ellos soñaron Planearon su futuro. Estaban seguros de que la guerra terminaría en cualquier momento, los rumores estaban por todas partes. Cuando todo terminara, vendría a buscarla en su caballo y la alejaría de la vida que conocía para llevarla a la felicidad matrimonial.

"Será mejor que tengas un cofre lleno de tus pertenencias listo para usar en el momento en que escuches que los Yankees finalmente se han rendido", había bromeado John. "Iremos directamente a la iglesia de buena reputación más cercana, con nuestras familias mirando con admiración. Después de eso encontraremos un pequeño lugar en alguna parte. Algo digno en lo que envejecer. O tal vez nos vayamos al oeste y arreglemos un pequeño reclamo para nosotros que tenemos que construir desde cero juntos. Lejos de cualquier pensamiento de esta horrible y sangrienta guerra..." John se detuvo por un momento, perdido en sus pensamientos.

"Por supuesto, el único problema con eso es que tendremos que tener unos quince niños para que nos ayuden más adelante", dijo la última parte con un brillo en los ojos.

Se acarician tiernamente mientras hablaban, y pronto una vez más fueron arrastrados por la pasión. Una y otra vez se juntaron, expresando su amor como nada más podría hacerlo. Promesas tácitas y amor pasando entre ellos con cada movimiento.

El sexto día al amanecer se despidieron entre lágrimas. Lo habían hablado y decidieron que despedirse rápido sería lo mejor. John la besó con ternura y tomó sus pequeñas manos entre las suyas enguantadas. Su pulgar acarició su anillo.

"No temas mi amor", dijo en voz baja, su cuerpo rígido. "Esta separación nos acerca a un momento en juntos para siempre".

En ese momento no había duda en su mente de que esto era cierto. John montó su caballo, taconeó y comenzó a trotar casualmente. John solo se dio la vuelta para mirar hacia atrás una vez. Ella solo podía distinguir su guante blanco levantado para dar una pequeña ola. Ellen observó hasta que su amor fue solo un borrón. Su figura desapareció en la niebla de la mañana un momento después.

El resto del día Ellen se había sentido ansiosa e impaciente. Su mente luchó contra la realidad de la partida de John con fantasías tontas. Tal vez la guerra terminaría mañana y John regresaría. Tal vez regresaría ahora mismo, montando su hermosa montura de color pardo lo más rápido que pudiera para llegar a ella por la mañana. Estas fantasías habían durado nueve días. Fue entonces cuando llegó la carta. La carta anunciaba que el Capitán John Bowyer había muerto luchando valientemente en la batalla.

Ellen se sacudió y se dio cuenta de que estaba de pie con los pies casi tocando el agua del río. Estaba temblando y llorando de nuevo. Inclinándose, Ellen tomó un poco de agua fría y se salpicó la cara, pegando su cabello rubio a sus mejillas. Un reflejo de sus hinchados ojos verdes brillantes bordeados de rojo la miró. Pensando en ello, Ellen se dio cuenta de que debía haber estado en estado de shock porque apenas recordaba nada de toda esa semana. Pasó todos los días después de que el impacto desapareciera deseando poder volver a estar entumecida e insensible. Sin el apoyo de su familia, seguramente ya estaría muerta. Algunos días deseaba estarlo.

Sus manos acariciaron su abdomen. Fue solo cuando se dio cuenta de que su período muy confiable estaba retrasado que encontró una razón para seguir con vida. *¿Cuánto tiempo hasta que empiece a mostrar*? Ella se preguntó. A partir de ahora, tenía poco más de un mes de embarazo, pero pronto ya no sería capaz de ocultar la verdad.

A pesar de todos los chismes y el odio que seguirán al descubrimiento, no podía molestarse por su condición. Algo de John estaba viviendo dentro de ella, y algún día sería parte de su mundo una vez más. Suponiendo, por supuesto, que ambos sobrevivieron al nacimiento, lo cual no estaba garantizado de ninguna manera. Aun así, Ellen se negó a creer que Dios sería tan cruel como para darle tal regalo solo para quitárselo de nuevo.

Los ojos de su madre se llenaron de lágrimas cuando Ellen les contó la noticia a sus padres. Todos estuvieron de acuerdo en que esta noticia debería mantenerse en privado por ahora hasta que decidiera qué hacer. En ningún momento se consideró intentar abortar o entregar al bebé. La familia Smith era demasiado unida y demasiado religiosa para pensar que había otra opción que no fuera mantener a este bebé justo donde Dios lo puso. Ellen dejó que la noticia penetrara antes de decir lo que realmente tenía en mente.

"He estado pensando." Hizo una pausa, reuniendo coraje. “He estado pensando que tal vez debería hacer un viaje al oeste. La gente hablará de mí de cualquier manera... Puede quedarse allí por un tiempo y luego regresar en un año más o menos. Puedo decirles a los que preguntan que soy viuda. Tal vez de la guerra o de una plaga o de un ataque de los pieles rojas. Después de todo, la frontera es peligrosa.

"Eso sería mentir, querida", dijo su padre mirando enojado. “Dios exige que seamos honestos con los demás sin importar la situación”.

"Sí, padre", dijo mirándose las manos. Ellen estaba empezando a considerar la posibilidad de tener que irse sin decírselo a nadie. Si esperara un mes tal vez, todavía no sería demasiado grande. Nadie sospecharía. Le daría tiempo para reunir un baúl de pertenencias personales. *¿Hay algo que pueda vender que me permita comprar un boleto y tener una pequeña cantidad para comida hasta que pueda establecerme donde sea que vaya*?

Ellen amaba a su familia más que a su propia vida, y por eso tendría que irse. No podía traer tanta vergüenza y chismes a su apellido como seguramente seguiría al nacimiento. Sin mencionar la vergüenza que le causaría a su hijo crecer. Sería mejor ir y dejar que la gente dijera lo que quisiera sobre ella.

Después de unos minutos muy largos, Helen se acercó y se sentó junto a su hija. Puso su mano en el brazo de Ellen. Su piel blanca lechosa era del mismo color.

Clyde volvió a notar lo parecidas que eran su esposa y su hija. Ambos tenían ojos muy abiertos, caras abiertas, orejas pequeñas y cabello rubio. Sin embargo, los ojos verdes y los pómulos altos eran suyos. De hecho, todos los niños Smith fueron bendecidos con rasgos finos, personalidades agradables y varios tonos de cabello rubio. A excepción de dos que habían obtenido los ojos azules de sus madres, el resto los tenía verdes como los de su padre. Uno de los beneficios de tener una familia numerosa es poder ver tantas variaciones de las características de los padres mezcladas una y otra vez en una nueva persona.

Clyde recordó cuando Ellen era un bebé. Era la bebé más dulce y alegre. A medida que crecían, Ellen les había traído tanta alegría. Siempre servicial, siempre hermosa. No podía quedarse más tiempo en la habitación. No podía mirar el dolor en sus ojos. Clyde puso una excusa y se retiró a su dormitorio.

Una vez que su padre se había ido, Ellen fue extremadamente consciente de la mirada de su madre. Fue amoroso y suave, pero de alguna manera eso hizo que Ellen se sintiera peor.

"No vas a salir a la frontera mi niña querida. No lo permitiré." La voz de Helen estaba llena de preocupación. "El oeste aún se está poblando, hay peligros en todas partes y no es lugar para una joven. Especialmente cuando esa jovencita es mi hija, y en tu condición nada menos. Quiero que te quedes aquí, donde podamos cuidar de ti. Lo primero que debemos empezar a hacer es encontrar una pareja adecuada para ti".

"¿Cómo vamos a hacer eso madre?" Elena preguntó desconcertada. "En primer lugar, ya no hay muchos jóvenes elegibles. En segundo lugar... nunca puedo... yo solo," su voz se quebró y se le escapó un sollozo. "¡Nunca volveré a encontrar a un hombre ni la mitad de bueno que John!"

Helen abrazó a su hija, sintiendo los sollozos atormentar su pequeño cuerpo. Cómo deseaba poder quitarse todo el dolor de encima. Después de un tiempo desconocido, Helen levantó la cara de su hija para que pudieran mirarse.

"Escúchame Elena. Quería que te casaras con John. Era muy buen hombre, y además yo quería que te casaras por amor. Al menos quería que hicieras una pareja inteligente con un hombre al que pudieras respetar y honrar después de una cuidadosa consideración. Eres tan hermosa y tienes un corazón tan bueno que sabía que podías elegir. Sin embargo, cariño, tengo miedo de decir que cosas como el amor y tomarte tu tiempo son lujos que ya no puedes permitirte". Tocó suavemente el vientre de su hija y sonrió. "Tenemos que decidir rápidamente qué es lo mejor para los dos. Ha comenzado una cuenta regresiva. Debes conocer a un hombre y casarte con él dentro de un mes o dos como máximo.

Un momento de silencio. Miró a los ojos a su madre.

"¿Quieres que mienta?" preguntó Ellen, sorprendida.

"No, ciertamente no. No estoy diciendo mentiras, pero será usted quien decida qué información compartir y qué guardar para usted. Esto es entre tú y Dios principalmente. Debes orar, más fuerte que nunca antes. Él te guiará. Solo recuerda, esto ya no se trata solo de ti. Este precioso niño que Dios ha dado a nuestra familia debe ser cuidado adecuadamente. Él no te pondría en esta situación sin algún tipo de solución. Solo tienes que mantener una mente abierta y confiar en Él".

Sí. Sí. Él me dará una oportunidad. Sólo tengo que estar preparado para ello.

Capítulo 3

Obligaciones Familiares

Amelia Garrison, 16 años
1 de mayo de 1865

Amelia no podía dormir. El hambre y la desesperación la roían por dentro. Le eran familiares. Había tenido hambre desde que comenzó la guerra hace años. Se notaba que era pequeña para su edad. Basado en lo pequeña que era su madre, habría sido pequeña de todos modos, pero los largos períodos sin mucho para comer habían hecho que sus costillas sobresalen de una manera indecorosa.

Los Garrison solían ser muy ricos y estaban bien conectados, pero la guerra los había llevado a la bancarrota en más de un sentido. Habían hecho lo que todos los demás habían hecho durante un tiempo, fingieron que la guerra terminaría cualquier día y que su fortuna mejoraría de la noche a la mañana. Por supuesto que eso no había sucedido, y las cosas fueron de mal en peor. Fue solo por la pura tenacidad de su madre y pura suerte que habían llegado tan lejos. El final de la guerra había parecido la olla de oro al final del arcoíris. Todo dependía de llegar a ella. Ahora que realmente era el final, ya que la reconstrucción había comenzado, todos se habían dado cuenta de que nada era tan diferente en absoluto. No había olla de oro, sólo barro. Una vez que eso realmente se había establecido, también lo hizo la desesperación.

Amelia observó consternada cuando notó que los rostros de aquellos a quienes más amaba en el mundo mostraban cansancio y preocupación. Incluso su madre, Regina, que era una mujer hermosa, orgullosa y fuerte, tenía un aire de tristeza que sorprendió a Amelia. Sabía que su madre no era del tipo que simplemente aceptaba las cosas. Amelia estaba segura de que estaba formulando un plan en su mente que los salvaría a todos, aunque no tenía idea de cómo. Hacía mucho tiempo que habían usado cualquier dinero o artículos de trueque, pero de alguna manera, en el último minuto, su madre siempre parecía encontrar una joya escondida para vender o una reliquia para intercambiar. En más de una ocasión, Regina, inexplicablemente, había llevado a casa comida de un tipo u otro, principalmente manzanas, pan y queso. Ella siempre los estaba salvando. Independientemente de cualquier otra parte de la personalidad de su madre que no fuera tan adorable, como la terquedad y la vanidad, Amelia la admiraba.

Pero había pasado mucho tiempo desde la última vez que Amelia había visto a su madre lograr una hazaña tan notable. Sus comidas relacionadas se hicieron más escasas cada día. Ya era bastante duro para Amelia, pero su corazón estaba triste por sus hermanas menores que tenían doce, diez y ocho años. Su hermano Daniel, de dieciocho años, había abandonado su puesto en el ejército hacía más de un año. Había venido a casa por dos días para ver a todos y empacar algunas cosas. Ninguno de ellos estaba contento de escuchar sus planes, pero estaba claro para todos que el pobre muchacho no estaba en el estado emocional para ser soldado. Daniel había prometido hacer fortuna y enviarles el dinero siempre que fuera posible. No habían sabido nada de él desde entonces.

Ayer, Regina y Thomas, el padre de Amelia, habían llevado a Amelia a su gran estudio con paneles de madera. Sabía que debía ser grave porque casi nunca se le permitía entrar en el estudio excepto cuando se esperaba que leyera o que la regañaron. La pesada puerta de madera de roble era lo suficientemente gruesa como para mantener las conversaciones en privado. Ahora no había nada en la habitación, los libros y la decoración se habían vendido. Amelia se sentó en una silla vieja pero lujosa frente a sus padres que estaban de pie ya que la mayoría de los muebles también se habían vendido. Ninguno de ellos había comido nada en más de un día. Amelia esperaba que pudieran tener comida en alguna parte, pero lo dudaba.

"Te casarás con Quincy Brown a finales del próximo mes", dijo Thomas sin rodeos. Él no la miraría a los ojos. Amelia pensó que parecía como si deseara tener todavía su licorera de brandy.

Amelia estaba segura de haber oído mal, pero pasaron momentos incómodos de tenso silencio. "Cásate... Padre, ¿no puedes hablar en serio?"

"Sí. Muy serio. Te casarás con Quincy Brown. A finales de junio.

"Pero... ¿madre? Yo... El temblor en su voz mostraba lo alterada que estaba.

"Debes hacer esto, Amelia", respondió su madre solemnemente. Su boca estaba apretada, los labios apretados en una delgada línea. Estaba claro que ella no iba a vacilar. "Somos muy conscientes de cómo puede sentirse acerca de esto, pero sin embargo debe hacerlo. El anuncio saldrá en el periódico de mañana.

Durante mucho tiempo, Amelia se quedó sentada allí con lágrimas en los ojos tratando de absorber el resto de lo que decían sus padres. Solo pasaron fragmentos y piezas. Quincy Brown era de edad avanzada y rico. Había estado buscando una nueva esposa desde que su segunda esposa había muerto. Era un buen hombre, no estaba dado a beber demasiado, ni a los ataques de ira, ni al juego. Se sabía que había donado suficiente dinero para reemplazar el techo de la iglesia.

Amelia no sabía qué hacer o decir, así que se retiró a su habitación donde lloró como si nunca más fuera a conocer la felicidad. Grandes sollozos agitados atormentaron su cuerpo. Su almohada estaba empapada en lágrimas. Eventualmente, en algún momento alrededor del amanecer, sus ojos finalmente se volvieron tan pesados que el sueño la venció.

Al día siguiente no salió de su habitación hasta casi las diez. Cuando lo hizo, quedó completamente asombrada por lo que encontró. Había comida en la casa. Mucho de eso. Todo tipo de cosas que no había visto en años. Aún más sorprendente, toda su familia estaba reunida alrededor de la mesa comiendo y conversando alegremente. Sus padres parecían diez años más jóvenes y sus hermanas resplandecían de felicidad. Mermelada estaba manchada por toda la cara de su hermana menor.

Al principio, Amelia se sintió aliviada. Su hambre finalmente iba a ser saciada. En tres zancadas estaba en la mesa, una gruesa losa de pan duro con mantequilla cremosa en una mano y una cucharada de budín espeso en la otra. A continuación, dos rebanadas de pavo perfectamente asado con salsa blanca. Un vaso alto de limonada lo acompañó. Pero después de su demostración de glotonería, Amelia se sintió fatal, y no porque hubiera comido en exceso. Esto era claramente algún tipo de soborno de su pretendiente. ¿Podría realmente ser comprada tan fácilmente?

Había seguido este patrón de alivio y culpa durante dos semanas. Un millón de pensamientos pasaron por su mente durante ese tiempo. Al principio se preguntó si se trataba de una broma elaborada, o un sueño convincente, tal vez incluso un ataque de locura. Una vez que aceptó que esta era su nueva realidad, maldijo a sus padres por ser tan despiadados y se burló de su propia debilidad. Estaba triste, enojada, preocupada, cansada, en negación, a veces todo a la vez. Cada pedacito de su alma gritaba por la injusticia de todo. Durante dos semanas apenas pudo dormir. Sus padres estaban preocupados por la apariencia fantasmal de su hija, pero eran obstinados. Sabían que algún día ella llegaría a ver la lógica de todo. En algún momento se rendiría a lo que le exigieran.

Y en algún momento lo hizo. Fue muy duro para Amelia estar enojada, amargada y triste por más de unos pocos días en circunstancias normales. Dada la situación actual, Amelia tardó dos semanas en darse cuenta de que su matrimonio inminente era inevitable. Se resignó al hecho de que también podía disfrutar de la poca infancia que le quedaba. Cada vez que sentía que la tristeza comenzaba a surgir de nuevo, la empujaba hacia lo más profundo de sí misma. Habría tiempo de sobra para amargarse después de casarse.

Amelia y Quincy Brown comenzaron oficialmente a cortejarse por primera vez el dieciséis de mayo. Sus padres habían insistido legítimamente en estar presentes como acompañantes durante todas las interacciones. No era la primera vez que Amelia y Quincy se encontraban. Habían hablado brevemente en una reunión social el año pasado y aparentemente él la había visto crecer. O eso le había mencionado a su padre. Amelia no lo recordaba en absoluto, pero obviamente él la recordaba a ella. Había ido razonablemente bien, supuso. Había bastante incomodidad, así que no había dicho mucho.

Quincy era un hombre corpulento, tanto en tipo de cuerpo como en personalidad. A los sesenta y cinco años, sin duda era mayor de lo que Amelia jamás había imaginado que podría ser su futuro esposo. La perspectiva de casarse con un hombre lo suficientemente mayor como para ser su abuelo la horrorizaba, pero se mordió la lengua. Traté de no mirarlo mucho cada vez que tenía que estar cerca de él. Era más fácil de esa manera.

Después de mucho pensar, Amelia se dio cuenta de que este no era el primer plan de sus padres (ni el segundo ni el tercero) para salvar a su familia de la pobreza absoluta. Fue entonces cuando su mentalidad cambió. Amelia comenzó a comprender que ese era su deber como hija. Su familia se había sacrificado y le había dado mucho a ella a lo largo de los años. Una vez que se dio cuenta de eso, fue mucho más fácil para ella aceptar su destino. Muchos niños en circunstancias similares habrían sido abandonados o forzados a situaciones mucho peores de lo que se esperaba de ella.

Y honestamente, ya casi no soy un niño. Tengo dieciséis. Si hubiera nacido niño, bien podría haber muerto sirviendo en la guerra ahora. Si pudieron hacer ese sacrificio por la causa en la que creían, seguramente puedo ser lo suficientemente valiente como para hacer esto por mi familia. Tengo que dejar de pensar en mí mismo como un niño rico que puede vivir la vida que quiera.

Al final de su tiempo juntos el día dieciséis, el Sr. Brown obviamente estaba encantado con Amelia. Cuando se vieron por cuarta vez, el 15 de junio, estaba claro que el señor Brown estaba ansioso por casarse con su prometida. Amelia se había acostumbrado a la idea. La idea de su avanzada edad todavía la hizo detenerse, pero tenía ciertas ventajas. Tal vez moriría poco después de que se casaran. Era un pensamiento tan cruel, pero sin embargo era uno que ella esperaba fervientemente. Incluso rezó en secreto por la precipitada muerte de su prometido. Cuando se conocieron tres días antes de su boda, el veintisiete, todo lo que Amelia sintió fue el deseo de tenerlo hecho ya.

Quincy Brown, le dijeron, tenía varias propiedades y mucha tierra. La boda se llevaría a cabo en Gray Hall, la casa señorial del Sr. Brown. Ya había estado allí dos veces en sus "citas" acompañadas con su pretendiente. Como su nombre indica, era un edificio grande e impresionante de color gris. Tenía tres pisos de altura y tenía imponentes columnas en el frente. A pesar de no tener más esclavos, siempre parecía haber sirvientes de algún tipo alrededor. Por lo que Amelia podía ver, la vida en la mansión no parecía afectada por la guerra. Los árboles y las flores de la finca estaban en plena floración y todo estaba muy bien cuidado. Gray Hall tenía una sensación casi atemporal en la propiedad. Sin embargo, parecía un presagio cada vez que Amelia miraba lo que sería su nuevo hogar.

Hoy era el día de su boda y Amelia no sintió nada hasta que vio a la única persona que esperaba que no estuviera allí. Había notado que Barclay Johnston había llegado con sus padres. Barclay era dos años menor que Amelia, pero era el único chico que le había dado una caja de mariposas en sus limitadas experiencias con chicos.

Sus familias se conocían desde hacía años. Barclay, el chico de los dulces ojos marrones, como solía pensar en él. Se preguntó si él debía sentir lo mismo por ella por lo amable que era con ella. Fue una bendición que Barclay no hubiera tenido que ir a la guerra porque nunca habría sobrevivido. Barclay no se parecía a ningún otro chico de su edad que Amelia conociera, ni siquiera a los que eran unos años mayores. Era sensible y maduro para su edad. Un rubor subió a sus mejillas mientras se preguntaba qué pensaría él de ella ahora.

Amelia se miró en el espejo. Se veía diminuta, delgada y enfermizamente pálida escondida en una avalancha de material púrpura hinchado que se suponía que era su vestido de novia. No le gustaba el morado, pero se suponía que era una especie de tradición. A pesar de que no le gustó mucho, fue solo por un día. La nariz de Amelia estaba salpicada de pecas debajo de unos ojos azul cielo ocultos bajo un velo. Pequeños rizos de cabello oscuro y brillante asomaban aquí y allá. Su madre había hecho todo lo posible para acomodar estos rizos en su lugar, pero la humedad lo hacía imposible.

Dos manos suaves le dieron la vuelta y estaba mirando a los ojos de su madre. Ella sonrió pero había cierta tristeza debajo de todo. Amelia se preguntó qué iba a decir su madre. Hoy ella también era una mujer.

"Amelia, hoy es el día de tu boda." Regina estaba usando su voz severa. Amelia sabía que hacía esto cuando intentaba ser fuerte y práctica. "Ahora bien, esto no es lo que habíamos imaginado para ti, y tampoco lo que tú habías imaginado. Sin embargo, de nada sirve desear las cosas que no han de ser. Recuérdalo. Esta noche será algo diferente de lo que esperas. La mayoría de las mujeres tienden a pensar en los hombres como demasiado carnales o no lo suficientemente carnales. La mayoría cae en algún punto intermedio. Pase lo que pase, sé una buena esposa y dale lo que quiere para que puedas continuar con tu día". Amelia se sonrojó intensamente y pensó en la conversación que habían tenido la noche anterior.

Las cosas estaban borrosas después de eso. Mirando hacia atrás más tarde, supuso que debía haber estado en algún tipo de shock. Lo siguiente que supo Amelia fue que era una mujer casada. Mientras el predicador pronunciaba las palabras que la unirían a Quincy, ella lanzó algunas miradas secretas a Barclay, que estaba sentado en la parte de atrás con su familia. Cómo deseaba poder cambiar de lugar con cualquiera en la multitud. Pero eso no iba a ser. Ahora tenía un anillo en el dedo y un marido al que atender.

La recepción fue muy breve. Apenas podía comer , aunque la variedad de alimentos disponibles la mareaba. Bebió tres copas de champán que otros le seguían ofreciendo. Era burbujeante y la hizo marear. Amelia se alegró mucho por el velo que ocultaba la vergüenza de su rostro. Habría sido devastador tener que mostrar su rostro desnudo en tales circunstancias.

Muy pronto todo terminó y ella siguió a su nuevo esposo escaleras arriba. Al principio se alegró de no tener que socializar más. El champán le había dado sueño y, mientras subían una escalera y bajaban por una serie de pasillos confusos, rápidamente se perdió. *¿Cómo navega alguien por esta casa?* Se sorprendió cuando Quincy tomó su mano antes de darse cuenta de que haría más que eso una vez que llegan al dormitorio. Las náuseas comenzaron a hincharse en su estómago. El mareo era casi insoportable.

Cuando llegaron al dormitorio, se sorprendieron por su lujo. Era grande con puertas francesas abiertas que conducían a un balcón. Las cortinas de gas ondeaban perezosamente con la brisa y el aroma de las flores era fuerte. No rosamos, algo exótico que debe tener colores vivos. La suave iluminación de las velas reveló una gran cama con dosel con madera intrincadamente detallada y mantas gruesas. Quincy apretó su agarre en su mano y la condujo hacia ella.

La cama era blanda debajo de ella, y por un momento sintió como si fuera a ser tragada por ella. Vagos recuerdos de años atrás, cuando la casa de su infancia estaba amueblada de manera similar, pasaron por su cerebro soñoliento. A pesar de que el hombre se desvistió en la misma habitación que ella, ya no pudo luchar contra la abrumadora fatiga. Sus ojos se cerraron. Un peso encima de ella.

Capítulo 4

Aprobación De La Madre

Mary Booker, 26 años
23 de mayo de 1865

Mary se sentó en el hermoso columpio que colgaba de un gran adelfa en el patio trasero. Estaba hecho de hierro forjado, pintado de blanco y tenía cojines para el respaldo y la base. Era lo suficientemente grande para dos personas si no les importaba sentarse juntas. Eso era tanto lo mejor como lo peor para Mary. Era maravilloso cuando tenías a alguien con quien sentarte, por supuesto, pero cuando uno estaba solo amplificaba el sentimiento de soledad.

Un suspiro escapó de lo más profundo de ella, posiblemente de su alma. Había estado esperando pacientemente, pero ahora tenía una inquietud constante de la que no parecía poder deshacerse. Mover el columpio muy suavemente con el pie creó una brisa suave que se sentía celestial. Este año estaban seguros de tener un verano muy caluroso. Aún no era junio, pero el vestido de Mary se adhería al sudor de sus piernas. Las moscas y las abejas zumbaban perezosamente. Las grandes flores de adelfa blanca atrajeron a decenas de ellas.

Mary había conocido a Charles Knight cuando tenía doce años. Ella había estado trepando a un árbol y cayó sobre el joven Charlie, como se le conocía en ese momento, quien dormitaba en la orilla del río cercano. Era esa edad incómoda entre la niñez y la edad adulta. Al principio estaban bastante inseguros el uno con el otro. La madre de Mary le había dado, en términos muy claros, la charla sobre los pájaros y las abejas a principios de ese año. Lo que no tenía forma de saber era que Charlie había recibido un discurso similar de su padre recientemente. Fue un momento confuso para ambos, ya que las interacciones sociales entre niños y niñas que parecían estar bien el año pasado, ahora parecían peligrosas y preocupantes.

Sin embargo, hubo algo que les gustó el uno del otro de inmediato. Parecían sentir un espíritu afín el uno en el otro. Mary, que estaba tratando de volverse más femenina, pero en el fondo era una marimacho, disfrutó mucho su tiempo con el joven de rostro pecoso cuyo juego aventurero al aire libre coincidía con su propio estilo. Con el paso del tiempo, a veces tuvo que conformarse con vivir ciertas aventuras indirectamente a través de Charlie, ya que sus faldas prohibía cualquier cosa demasiado exigente físicamente.

Al principio, la madre de Mary, Catherine, no había visto nada malo en la amistad de su hija con el muchacho. De hecho, estaba muy contenta de ver a su hija haciendo más amigos de su misma edad. Sin embargo, su relación se volvió más preocupante a lo largo de los años. Charlie era un chico bastante agradable, muy respetuoso por lo que Catherine sabía, pero pertenecía al tipo de familia equivocado. No eran malas personas de ninguna manera, solo eran pobres, sin educación y sin conexión social de ninguna manera. Estaba segura de que las circunstancias y la presión social eventualmente separarían al dúo. Sería mucho más fácil que si tuviera que hacerlo ella misma. Hasta entonces, Catherine se había complacido en hacer la vista gorda ante sus diferencias sociales. Le encantaba ver a su hija jugar y crecer. Estaban tan llenos de la alegría que solo la inocencia de la juventud podía traer.

Sin embargo, a medida que pasaban los años, madre e hija comenzaron a verse cara a cara con menos frecuencia. Especialmente sobre “el niño”, como comenzaba a ser conocido en su casa. Por supuesto, eso no fue todo lo que discutieron. Ser hijo único tenía muchas cosas negativas a veces. Parecía que había una presión constante para que Mary fuera quien su madre esperaba que fuera. Para entonces, el padre de Mary había muerto y se esperaba que Mary asumiera la mayoría de las responsabilidades adicionales. No es que fueran muchos, ya que eran muy ricos y tenían muchas manos extra en la casa.

Mary simplemente no podía entender lo que su madre tenía contra su amigo Charlie. Parecían llevarse bastante bien, pero Catherine nunca lo dejaba ir a ninguna de sus fiestas. Fue solo cuando cumplió diecisiete y Charlie la había besado inesperadamente que se dio cuenta de por qué su madre estaba tan nerviosa todo este tiempo. Ahora entendía lo que su madre temía, y Mary supo entonces que había hecho bien en temer su relación porque había sucedido tal como había pensado que sucedería. Estaban enamorados. Catherine pareció sentir este cambio casi de inmediato, pero ya era demasiado tarde. Mary lo amaba ahora, y él la amaba. No había vuelta atrás a ser solo amigos.

Catalina tuvo largas conversaciones con su hija sobre las diferencias de clases y la sociedad, y especialmente sobre lo que se esperaba de María, como parte de esa sociedad. Nada de eso parecía hacer ningún bien. Temía que su hija pudiera correr el destino de tantas mujeres jóvenes y casarse con el tipo de hombre equivocado. María sabía que su madre estaba equivocada. No sobre casarse con Charles, sino sobre él siendo el tipo equivocado de hombre.

Cuando tenía alrededor de dieciocho años, Mary notó que su madre comenzó a presentarle a más y más personas de importancia social. Una vez que tuvo su fiesta formal de "presentación" y sus obligaciones sociales aumentaron, de hecho se hizo difícil ver mucho a Charlie. También estaba sintiendo la presión en su costado. Todo el mundo le decía que era demasiado amigo de esa "señora adinerada". Consideró que pueden tener razón. Charlie sabía que no tenía nada que ofrecerle a Mary. Ni privilegio, ni pedigrí. Y así, comenzó a retroceder. Al principio fue lo más difícil que había tenido que hacer, pero con el paso del tiempo se hizo más fácil.

Pasó el tiempo y aunque se recordaban con cariño, ya casi no se pensaban. Hasta que un día fueron “presentados” por dos amigos en común en una reunión. En ese momento tenían veintidós. No se habían dado cuenta de lo mucho que se habían echado de menos hasta que volvieron a estar juntos. Mucho después se dieron cuenta de que no podían ser muy buenos invitados porque pasaron el resto de la noche en exclusiva compañía conversando en el jardín.

Se comprometieron dos meses después, sin querer perder el tiempo. Fue maravilloso hasta que Mary le pidió que le pidiera permiso a Catherine para su mano. Catherine estaba sumamente perturbada por la solicitud de la mano de su hija y reaccionó muy mal. Ella le dijo sin rodeos que él era lo suficientemente agradable, pero que ahora no lo era ni lo sería nunca de su clase social. Quería más para su hija que casarse con un trabajador de una fábrica.

Charles sugirió que se fugaran. Casi lo lograron, excepto que Mary cambió de opinión en el último minuto. Dijo que no podía hacerle eso a su madre. Quería que su boda fuera una ocasión alegre con amigos y familiares. Se lo tomó muy mal y no habló con ella durante dos meses. Después de eso siguieron viéndose y se consideraron comprometidos pero sin fecha fija. Tenían que tener cuidado cuándo y cómo se conocieron. Esto los volvió locos a ambos.

Un año después se presentó una oportunidad. Regresó a su casa para anunciar su intención de unirse al ejército confederado. Estaba decidido a ganarse la mano de María de una forma u otra. Se probaría a sí mismo digno. Catherine desdeñó esto, pero sin embargo esperaba que no resultara herido o muerto en acción.

La voz de Catherine interrumpió sus pensamientos.

"¿Estás bien, querida?" preguntó desde la puerta trasera de la casa.

"Sí, madre", respondió Mary, esperando sonar más segura de lo que se sentía.

"Está bien", dijo Catherine vacilando por un momento antes de regresar adentro. Odiaba ver a su hija así. Cada día que pasaba convencía a Catherine de que el niño debía estar muerto.

Habían pasado días desde que terminó la guerra. ¿Qué podría estar apartando a su amado soldado de ella? No se atrevía a creer que estaba muerto. Una lágrima recorrió silenciosamente su mejilla.

En ese momento, un movimiento llamó su atención.

La figura de un hombre emergió de la zona boscosa que rodeaba la finca. Incluso desde la distancia sabía que era Charles. Sus pies parecían saber qué hacer antes que su cerebro. No podía evitar que sus pies siguieran corriendo.

"¡Charles! ¡Charles!" gritó, sin importarle cómo su voz sonaba alta e histérica. La figura corrió hacia ella mientras ella corría hacia él. Pronto estuvieron uno en el abrazo del otro. Sus labios se encontraron y se besaron con abandono. El alivio de saber que estaba a salvo fue demasiado. María no podía dejar de llorar. Lágrimas de alegría rodaron por sus mejillas. Cayeron al suelo en un montón todavía besándose.

En algún momento, Mary se dio cuenta de que Catherine miraba desde una distancia respetuosa, pero no le importó. Habría mucho tiempo para hablar de eso más tarde. En este momento necesitaba a su amado soldado en sus brazos. Necesitaba saber que él estaba realmente aquí y que esto no era un sueño fugaz.

Catherine observó el desarrollo de los acontecimientos con lágrimas en los ojos. Una extraña mezcla de emociones la invadió. Al principio pensó que estaba extremadamente complacida de que el joven estuviera bien, pero era mucho más.

Estaban tan enamorados. Y por una vez su corazón no estaba abrumado por este conocimiento. Catherine nunca había conocido ese tipo de amor. Su matrimonio había sido mutuamente beneficioso y se habían apoyado mutuamente en las formas importantes, pero no era amor. Ahora, al ver a su preciosa hija herida de verdad por la flecha de Cupido, se dio cuenta de lo importante que podría ser el amor verdadero. Tal felicidad era tan hermosa.

Entonces y allí decidió que las viejas costumbres realmente no importaban tanto. Casi nadie se apegó a las viejas costumbres desde la guerra. La gente estaba desilusionada, pobre y no tenía respeto por la tradición. Esta noche, después de la cena, ella se encargaría de dar su permiso para que se casaran. Sonriendo para sí misma, pensó que sería mejor hacerlo antes de que se volvieran más apasionados.

Mary y Charles estaban bastante indecisos acerca de aceptar la invitación a cenar de Catherine, pero al final Charles sabía que significaba mucho para su amada prometida. Esa noche, los dos tortolitos dudaron en detener sus actividades amorosas para cenar con Catherine, pero pudieron manejarlo.

La cena fue realmente lujosa con codornices, papas rojas, frijoles, salsa, bayas y pastel de manzana. Charles, que había estado sobreviviendo con galletas y otros suministros del ejército, estaba muy agradecido. Sin embargo, le resultó difícil comer. En parte porque estaba muy preocupado por la presencia de Mary y en parte debido a su nerviosismo porque podía sentir los ojos astutos de Catherine sobre él. Estaba seguro de haber visto la desaprobación brillando intensamente en sus ojos impasibles.

Era cierto que había realizado muchas hazañas heroicas en el campo de batalla. Muchos de los hombres con los que había servido elogiaron su valentía y su mente fría bajo presión, pero nada de eso importaba. Habían perdido la guerra. Seguramente Catherine nunca estaría de acuerdo en dejarlo casarse con su amado único hijo ahora. Sobre todo teniendo en cuenta su discapacidad.

Mientras luchaba durante la última semana de la guerra, había perdido el brazo izquierdo por debajo del codo. Mary estaba tan ocupada besándolo y mirándolo a los ojos que apenas se dio cuenta. Sabía que a ella realmente no le importaría de todos modos. Pero los agudos ojos de Catherine lo vieron todo.

Este sentimiento de presentimiento aún no era suficiente para amortiguar por completo la dicha de reunirse con su amada María. Sin importar cuáles fueran las circunstancias, no pudo evitar notar que ella estaba especialmente encantadora esta noche con su sencillo vestido marrón chocolate con encaje. El marrón hacía juego con sus ojos y los hacía parecer aún más profundos y encantadores. Sus pestañas marrones, naturalmente rizadas, alineaban densamente sus ojos y parecían bastante diferentes de sus cejas y cabello rojos, pero creaban una imagen encantadora en general.

Tal vez podrían reconsiderar fugarse de nuevo.

Capítulo 5

El Viaje De Anna Continúa

15 de marzo de 1865

Habían pasado ocho días desde que había comenzado su viaje a campo traviesa. Anna se había trasladado a otra diligencia, ésta mucho más pequeña y conducida por dos mulas flacas, hacía dos días. Anna dudaba más en subirse a este vagón que al anterior. El conductor le había explicado que el autocar más grande se dirigía hacia el sur, hacia Houston, y que si quería seguir hacia el oeste tendría que tomar el más pequeño.

Anna había descubierto de primera mano que algunos alimentos de la frontera eran realmente tan horribles como se rumoreaba, mientras que otras paradas servían pasteles y pan caseros recién hechos junto con una comida fuerte. Algunas lluvias y otras condiciones meteorológicas inesperadas habían frenado su avance, pero habían seguido adelante. Esto hizo que Anna se sintiera extremadamente agradecida de que sus padres se hubieran preocupado lo suficiente como para pagar un asiento interior en la diligencia. Era cierto que cabalgar en un espacio cerrado y confinado con dos caballeros que no conocía no era muy agradable, pero era mejor que la alternativa. La idea de tener que viajar en el asiento exterior en este clima impredecible con el barro y los insectos la hizo estremecerse.

Los dos hombres sentados frente a ella eran algo extraños. Iban bien vestidos, pero muy callados. Aunque Anna había hecho varios intentos de conversación, parecían estar en un mundo propio. No podía pensar en nada que pudiera haber hecho para insultarlos, pero casi parecían insultados por tener que compartir un viaje con ella. Cabalgaron en silencio, Anna tratando de darles la mayor distancia respetuosa posible dado el reducido espacio.

"¡Llegando a la ciudad!" gritó el hombre que viajaba con una escopeta junto al conductor.

Instantáneamente, el corazón de Anna latió más rápido y su estado de ánimo oscuro e introspectivo desapareció. Incapaz de controlar su entusiasmo, asomó la cabeza por la ventana. Efectivamente, allí en la distancia había contornos de edificios. No podía recordar la última vez que estuvo tan feliz de ver un pueblo. Incluso los dos hombres que iban en el carruaje con ella parecían haberse animado un poco. Cada parte del cuerpo cansado de viajar de Anna deseaba saltar y caminar el resto del camino. Unas pocas millas más tarde, el carruaje se detuvo entre un viejo salón y un mercante recién pintado justo dentro de los límites de la ciudad.

"¡¡Todos SALGAN!!!" gritó la voz atronadora del hombre de la escopeta.

Los dos hombres extraños salieron casi de inmediato, pero de repente Anna se encontró incapaz de moverse. Se suponía que la tía Lillian la encontraría aquí, pero no vio a nadie que encaja con la descripción de su tía. Una ola de inquietud recorrió su cuerpo. Anna debió haber esperado demasiado para salir porque de repente la puerta más cercana a ella se abrió y el hombre de la escopeta estaba muy cerca de ella. Sus ojos negros parecían llorosos y tenía cicatrices en sus mejillas color café.

"Dije que todos fuera, señorita. Estaba tan cerca. De hecho, podía oler el whisky y la podredumbre en su aliento. "Fin de la línea, así que continúa". Esta vez Anna no dudó. *Listo o no, esta es mi nueva vida*, pensó. *Sólo un paso hacia abajo. Encuentra una base firme. Un paso a la vez.*

Sus pies apenas habían tocado el suelo cuando un fuerte THUD sonó a su derecha, a solo unos centímetros de distancia. Al volverse para mirar, se sintió consternada al encontrar su costoso equipaje de viaje en la tierra fangosa, a un pelo de excremento de caballo. Sus modales no permitían que su voz gritara en voz alta lo que estaba gritando en su cabeza. En cambio, chasqueó la lengua en señal de protesta y respiró hondo. Esto no era lo que había tenido en mente cuando imaginó comenzar su nueva vida independiente como una jovencita.

"Oh, bueno", murmuró para sí misma mientras sacaba el equipaje del barro. "Es solo suciedad".

Tan pronto como todas sus pertenencias fueron expulsadas del carruaje, el conductor azotó a las mulas y se fue. Llevarlo todo a las pasarelas de tablones frente al mercantil no era algo que hubiera esperado hacer por sí misma. Después de varios días de viaje y falta de sueño, parecía especialmente difícil, pero se las arregló. *Con suerte, la tía Lillian tiene un carro para ayudar a transportar esto.*

Después de que había pasado aproximadamente media hora sin señales de su tía, Anna se preocupó. ¿Y si ella nunca recibió las cartas de su madre? ¿Quizás olvidó que Anna vendría? ¿O si no pudo llegar porque su caballo se lastimó la pierna? Tantas cosas podrían salir mal, se dio cuenta Anna con repentina claridad.

Sin embargo, antes de que Anna pudiera preocuparse más, una mujer de la edad de su madre se detuvo en una goleta de la pradera y le sonrió cálidamente. A pesar de que esta mujer tenía cabello rubio en lugar de moreno, podía ver el parecido con su madre. Anna ofreció una sonrisa tentativa. No hay necesidad de saltar a conclusiones. Pero luego la mujer salió y, cuando se acercó, Anna pudo ver sus ojos. Eran del mismo verde azulado avellana que los suyos. Sí, esa debe ser ella.

"¿Tía Lillian?" Levantando la mano a modo de saludo, Anna cerró la distancia entre ellos. En un rápido movimiento, la mujer mayor la envolvió en un abrazo.

"Ay Ana. ¡Querida, querida niña! Simplemente no puedo decirte lo feliz que estoy de verte. Anna se sorprendió por la calidez de esta mujer que nunca antes había conocido. Logró esbozar una sonrisa que esperaba que pareciera amistosa.

"Tía Lillian, gracias por ser lo suficientemente generosa como para recibirme en tu casa de esta manera".

Los ojos de su tía se arrugaron en las esquinas mientras sonreía más ampliamente. "Ahora querida, esa cosa de Lillian tiene que terminar. Incluso mis propios hijos saben que me hago llamar Lilly".

"Sí, mamá me dijo que tienes un hijo y una hija..."

"Sí. Enrique y Caridad. Henry tiene más o menos tu edad. Recién cumplió veinticuatro. Charity está a punto de cumplir veinte en un mes. No puedo creer lo rápido que crecen los niños. Henry se casó hace un año, se mudó, así que solo seremos nosotras, chicas. Sin embargo, puse mi pie en Charity. Le dije que no puede casarse hasta que tenga veinte años. Le prometí eso a su papá.

"Ya veo. ¿Ya tiene un pretendiente?

Esta pregunta pareció sorprender a la tía Lilly, quien miró a Anna como si le hubiera crecido otra cabeza. De repente se rió, breve y fuerte. "¡Oh cariño, esto es Texas! No es como de dónde eres.Muchos muchachos han estado pidiendo su mano desde que tenía dieciséis años! Hay alrededor de cinco hombres por cada mujer aquí, y muchas chicas se casan alrededor de esa edad.

¡Pero no mi Caridad! Le dije: 'Charity, ¡no te vas a casar hasta que tengas al menos veinte años y eso es todo! Todavía habrá un montón de hombres jóvenes alrededor, y te dará más tiempo para saber lo que quieres para que cuando llegue el momento estés seguro. Hasta entonces, busca otra forma de hacerte útil. Ella hizo un escándalo por eso por un tiempo, como lo haría cualquier joven cuando cree que sus sueños se están aplastando, pero se dio cuenta de que hablaba en serio. Y me complace como un pastel decir que ha hecho un buen uso de su tiempo. Se certificó como maestra de escuela cuando tenía diecisiete años. Muchos jóvenes han pasado por su clase en los últimos tres años". Anna podía escuchar la admiración en la voz de su tía.

Anna se dio cuenta de repente de que mientras hablaban, su tía la había estado conduciendo por el camino hacia una goleta de la pradera. No podía ver a nadie en el vagón. "¿Quién conducirá el carro tía Lilly?" dijo con un poco de preocupación en su voz.

"Cariño, ¿no has estado escuchando nada? Este es el salvaje oeste. Las mujeres aquí pueden y se espera que hagan 'casi todo lo que un hombre puede hacer'. Sé de dónde eres, se consideraría extraño, pero aquí en Dallas las mujeres manejan sus propios carros, e incluso a veces se olvidan de montar de costado". Anna se quedó sin aliento ante esta revelación. "Verás. Pronto serás uno de nosotros, y nunca querrás volver".

Anna reflexionó sobre esa curiosa declaración durante unas pocas millas. En el fondo, sentía que no solo era cierto, sino que tal vez estaba destinado a suceder. Los caballos frente a ellos eran más viejos, pero parecían estar en buena forma. Eran animales simples. Uno era gris y el otro marrón. Debía parecer somnolienta porque su tía la estaba mirando de soslayo.

"Puedes acostarte en la parte de atrás si necesitas descansar". Eso sonaba extremadamente tentador, pero Anna explicó que no era posible. Sin embargo, a medida que el largo camino se extendía frente a ellos, el cuerpo de Anna comenzó a traicionarla. Tuvo que esforzarse mucho para reprimir varios bostezos.

Después de un rato más, su tía dijo: "Oh, ven ahora. ¿No quieres estar descansado y tener energía para ser un buen invitado cuando lleguemos allí? Todavía tenemos mucho camino por recorrer. Ahora ve a acostarte. No quiero que tu madre piense que tiene motivos para preocuparse por ti. Ambos sabemos cómo es ella.

Esta vez, Anna simplemente no pudo negarse, así que se subió a la parte de atrás. Ya había algunas mantas allí atrás, como si Lilly hubiera anticipado su cansancio de viaje. Aunque acostarse en un vagón en movimiento le resultó una sensación extraña, no fue desagradable. . El aire cálido de Texas se mezcló con el olor de la hierba de la pradera. Las abejas y las moscas zumbaban perezosamente. Un pájaro que sonaba agradable cantaba desde algún lugar lejano. Los caballos que iban delante se movían lentamente, sus cascos resonaban.

Anna debe haberse quedado dormida porque al día siguiente ella sabía que estaban llegando a una casa cuadrada, pequeña y muy sencilla. Para Anna, la casa se veía construida toscamente. En los próximos meses se enteraría de que en realidad era una de las casas más bonitas de la zona. border collie se sentó en el amplio porche encalado mirándola con curiosidad.

"Bueno, aquí estamos", dijo la tía Lilly. Esta parecía ser la señal para que el perro se acercara moviendo la cola y ladrando con entusiasmo.

"No te preocupes por ella". , eso es sólo Fly ", dijo un joven mujer saliendo de la casa. "Soy Charity," dijo con una pequeña sonrisa.

Debe ser tímida, pensó Anna. Ella podía ver por qué. Por mucho que lo intentara, Anna no podía dejar de mirar a Charity. Era bastante hermosa, pero su cabello era casi blanco y sus ojos eran del color más inusual. Casi gris, pero con un tinte púrpura.

"Lo siento", dijo Anna, dándose cuenta de que debía estar causando una terrible primera impresión. "No quise ser grosero... Es un placer conocerte, Charity".

"Está bien, estoy acostumbrado a recibir atención adicional".

La tía Lilly luego pasó a explicar que siempre se había visto así, incluso cuando nació. Los doctores habían pensado que podría haber algún problema con su salud, pero de hecho ella había demostrado ser muy saludable toda su niñez. Madre e hija se sonrieron, como si esto fuera un vistazo a su mundo secreto.

Un momento después, Henry se unió a ellos en el porche. Era muy alto, más de seis pies, y flaco como un palo. Sus manos ásperas y su piel bronceada obviamente provenían de estar mucho tiempo al sol. El cabello de Henry era áspero y castaño arena. En la mente de Anna, él le recordaba a una cerilla en forma humana.

A pesar de las diferencias, al verlos a los tres uno al lado del otro, Anna pudo ver el parecido familiar. Especialmente entre Charity y su madre. Tenía la misma figura regordeta que la tía Lilly, la misma nariz y boca. Henry tenía ojos color avellana como sus madres, como el de ella, pero ahí terminaba el parecido. Anna supuso que debía parecerse más a su padre, que había muerto hacía algunos años.

A medida que avanzaba la noche, Anna intentó ayudar a Charity y a la tía Lilly a preparar la cena. Anna se sintió muy incómoda. No solo la cocina era mucho más pequeña de lo que estaba acostumbrada en Georgia, sino que realmente tenía muy poca experiencia de primera mano en la preparación de alimentos. Después de todo, su madre había tenido razón sobre la necesidad de tales habilidades. Entre la nostalgia y el sentirse abrumada por su propia ignorancia en una cocina, pronto se sintió inepta.

"Ve a acostarte. Estarás en la habitación de Charity, subiendo las escaleras. Te llamaremos cuando la cena esté lista —sugirió la tía Lilly, como si esperara esto.

Anna subió la corta y estrecha escalera sin protestar. Cada pierna se sentía pesada, como si estuviera caminando sobre un lodo espeso. Habían pasado demasiadas cosas en las últimas horas, días, incluso semanas. Todo estaba alcanzando.

Después de quitarse el vestido de viaje, se reclinó en la cama. Solo había uno en la habitación, por lo que sabía que compartiría con su prima, pero a Anna no le importó. Esta cama era mucho más suave que cualquiera de las otras camas en las que había dormido recientemente. Y mucho más limpio. No había signos de humo de cigarro persistente o manchas de sudor. La ventana estaba abierta y una suave brisa le picaba la piel. No durmió, pero el descanso había hecho maravillas por ella cuando se sirvió la cena esa noche.

Capítulo 6

El Pretendiente De Ellen

22 de abril de 1865

La conversación había tenido lugar hacía una semana. Una semana que parecía tan corta y sin embargo habían pasado tantas cosas en ese tiempo. El diálogo con sus padres había sido difícil de escuchar para ella, pero era algo que necesitaba escuchar mucho más que cualquier grito o incluso palabras de simpatía. John no iba a volver. Cuando había hablado con sus padres, era como si le hubieran arrojado un vaso de agua fría. Algo al respecto había conmocionado su sistema y la había devuelto a la vida.

Ahora tengo un propósito. Este niño me necesita, y yo los necesito. Esta fue su motivación y lo único que decidiría su futuro a partir de entonces. Ojalá los destinos fueran amables. Había sido suficiente que al día siguiente, después de una noche de completo agotamiento y sueño sin sueños, se dispusiera a hacer lo imposible. Encuentra un marido dentro de un mes.

Inmediatamente supo cuáles serían sus opciones. Fue bastante fácil de ver una vez que se purgó toda emoción de la decisión. A pesar de estar comprometido, varios pretendientes se habían acercado a ella hace apenas unas semanas. *Ahora que la guerra ha terminado, seguramente habrá más*, razonó. Un hombre en particular parecía como si pudiera ser una buena elección. James Price, el vendedor yanqui. No era demasiado mayor, tal vez treinta y tantos, y le fue bien económicamente.

James era originario de Pensilvania y era de conocimiento común que había venido al sur buscando invertir una pequeña herencia que le dejó su tío. Después de apostar la mayor parte, comenzó a vender tabaco y zapatos en varios estados. Esto en realidad le había traído cierto éxito.

Ellen sabía todo esto porque lo había conocido en una fiesta hacía algún tiempo, y se había aburrido hasta las lágrimas con este hombre deplorable que solo hablaba de sí mismo. James siempre parecía tratar de pintarse a sí mismo como exitoso y encantador. Ellen no estaba segura de si esto se debía a su ego o porque estaba tratando de parecer atractiva para ella. Si había estado tratando de impresionarla, había fallado horriblemente. Ellen apenas podía soportar al idiota yanqui.

Entre las razones por las que lo encontraba desagradable estaban que bebía en exceso, fumaba una marca de cigarros particularmente picante y usaba un lenguaje obsceno que no era adecuado para una compañía mixta. Y, por supuesto, era yanqui. Ahora que Augusta estaba ocupada por soldados sindicales, sin duda tendría un ego aún más inflado. Difícil de imaginar. La confianza en uno mismo definitivamente no era algo que les faltara a hombres como James Price.

Sin embargo, James tenía una cosa a su favor. Algo que normalmente hacía que las mujeres se encogieran y corrieran hacia el otro lado rápidamente, pero Ellen corría hacia él, aunque de mala gana. James Price, el semi-exitoso vendedor yanqui con un gran ego, en realidad estaba muy desesperado por encontrar una esposa.

No era ningún secreto que él se creía locamente enamorado de ella, y en la fiesta donde lo había conocido, ella había tratado adecuadamente de desanimarse varias veces. Sin embargo, no había funcionado, y James se había aferrado a Ellen como si fuera melaza toda la noche. Luego, para gran asombro de Ellen, ¡le había propuesto matrimonio! No se escucha a menudo que un hombre le proponga matrimonio a una joven a la que acababa de conocer esa misma noche. Ella se había negado, por supuesto, pero él pareció tomarlo como una broma.

Una semana después, él había estado en su iglesia. ¡Después de los servicios, había propuesto OTRA VEZ! A lo cual, ella había dicho que no otra vez. Esta vez enfatizando el hecho de que ella ya tenía una intención. Es posible que Ellen se haya alarmado por su comportamiento, excepto que había oído rumores de que James también le había pedido a otras tres chicas que se casara con él ese mes. En ese momento, no estaba segura de si estaba aliviada o preocupada por este comportamiento. Ahora estaba claro lo que debía hacer. De alguna manera ella debe encontrarlo y hacer que le proponga matrimonio de nuevo. No es una tarea fácil, pero si tuviera alguna posibilidad de casarse dentro de un mes, esta podría ser su única esperanza.

Por otra parte, estaban sus otros dos posibles pretendientes. Melville Hardy era un hombre bastante agradable, pero la verdad sea dicha, era un poco lento. Algunos decían débiles mentales. Incluso con todos sus mejores trucos, probablemente le llevaría un año darse cuenta de que ella quería que le propusiera matrimonio. Tiempo que ella no tenía.

El tercer posible pretendiente era Quincy Brown. Un caballero amable, rico y de buena reputación. ¡Él también tenía sesenta y cinco años! Él podría haber muerto antes de que naciera el bebé, y entonces ella tendría que comenzar la búsqueda de nuevo, como viuda. No gracias. Ciertamente no es ideal.

Helen y Ellen decidieron tener una reunión social. Las palabras "celebración" y "fiesta" no se usarían ya que habían perdido la guerra, pero tal vez algún tipo de reunión para mostrar a los demás que la vida continuaba. Ellos decidirán el decoro social apropiado más tarde. James Price, por supuesto, sería el invitado de honor sin saberlo. No tenían mucho dinero, pero casi nadie lo tenía en estos días. Lo que recientemente pasó por una fiesta era poco más que una fiesta de té . Es decir, pocas cosas de comida y un código de vestimenta respetable.

También invitaron a Quincy Brown, Melville Hardy, algunos de sus amigos y cualquier otro soltero que supieran. La parte complicada era que muchas otras mujeres de la ciudad tenían la misma idea general. De los pocos solteros de la ciudad, la mayoría caía en una de dos categorías; o les encantaba la atención y se tomaban en serio su papel de elegantes invitados a la fiesta, o se volvían tímidos y rara vez asistían a algún tipo de reunión social. Incluso los que normalmente se habrían quedado entre las grietas recibieron muchas invitaciones. Cualquier tipo de hombre era considerado un soltero elegible.

No hubo duda cuando James llegó a la fiesta. Los olores acre de su cigarro y colonia pesada llegaron a la habitación antes que él, haciendo que una habitación abierta pareciera más pequeña. Luego vino un estallido de risa aguda y molesta. Ellen no tenía idea de qué se estaba riendo y, sinceramente, no le importaba. *Mamá me dijo que si me caso con él, tendré que pasar por alto muchas cosas*, pensó. *Tal vez esta sea la primera de muchas de esas veces.* Preparándose, se acercó a James. Debía aislarlo temprano, hacerle sentir que, de todos los invitados aquí, él era el más atractivo. Lo cual por su causa era al menos algo cierto.

"Señor. Price, qué bueno de su parte venir a mi pequeño evento social". Dar una pequeña reverencia como su madre le había mostrado seguramente mostraría su escote. Todas las mujeres Smith tenían un busto bastante pequeño, pero el de ella ya estaba creciendo debido al embarazo.

Ellen había alterado cuidadosamente su vestido para atraer a un posible pretendiente; solo un poco más bajo de lo que se consideraba apropiado. En este punto, no estaba preocupada por los chismes. El vestido de satén verde de hombros anchos hacía juego con sus ojos. El ribete color crema casi hacía juego con su piel, lo que daba la ilusión de que no estaba tan cubierta como ella. ella debería estarlo. Seguramente habría una montaña de chismes al respecto mañana, pero nada de eso importaba. Cuando volvió a levantar la vista, el rostro de James mostró una sorpresa agradable y un interés definido.

Cómo pasarían las próximas horas nunca lo sabría". Ellen coqueteó descaradamente, lanzando su abanico y agitándolo rápidamente para alentarlo más. Su bebida pareció volver a llenarse misteriosamente antes de que pudiera preguntar. Cómo él era más bajo que ella por unas tres pulgadas, sus ojos parecían Siempre mira fijamente su busto. Tal vez estaba mirando fijamente, o tal vez solo estaba mirando al frente. Era imposible saberlo con certeza, pero probablemente estaba mirando.

Al menos tu vestido tiene el efecto que querías. Se utilizaron todos los trucos, tanto obvios como oscuros. Si no se lo propone pronto, no sé qué funcionará.

Entonces, justo cuando el sol se estaba poniendo, él se acercó a ella. Su respiración era pesada y apestaba a bourbon. *Demasiado cerca, demasiado cerca, ¡oh, por favor, aléjate!* pasó por su cabeza una y otra vez. De alguna manera se las arregló para mantener lo que esperaba que fuera una sonrisa convincente en su rostro.

"Eres preciosa , ¡sí, en verdad!" Fueron sus palabras arrastradas mientras la miraba a través de sus vidriosos ojos marrones. No era un marrón cálido como los ojos de John. Solo marrón y opaco, como tierra seca. Sin embargo, estaban bordeados por pestañas muy gruesas. Eso fue algo.

"Gracias Jaime. Esperaba que me notaras esta noche. Elegí este vestido solo para ti. Intentó una mirada linda e inocente, y debió haberlo logrado porque él se acercó aún más. De cerca tenía una piel horrible. Su diente de oro brillaba a la luz de la vela al igual que el aceite en su cabello castaño. El olor de su colonia casi la ahogó. Tengo que salir de aquí.

No puedo hacer esto. ¿Dónde está la puerta más cercana? ¿Ventana? Cualquier cosa para escapar...

Sus pensamientos fueron interrumpidos por James diciendo "¿Sabes algo? Deberíamos casarnos, tú... tú y yo. Veo que me miras.

"Sí, está bien, acepto". Las palabras se precipitaron. Al menos eso había terminado. Un suspiro de alivio escapó con un fuerte silbido.

"N-no, estoy hablando en serio y-ya sabes". Dijo él, sus ojos entrecerrando los ojos bajo la uniceja, la boca torcida como si pensara que ella lo estaba engañando.

"De hecho, también hablo en serio, James".

"Está bien, pero no puedes retractarte después de que estemos sobrios", dijo, comenzando a creerla.

"Perezca el pensamiento", dijo, haciendo todo lo posible para mantener el sarcasmo al mínimo. ¡La idea de que ella también esté borracha! Que ridículo.

"¡¡¡Bueno, maldita sea!!!" James gritó en voz alta, lo que provocó muchas miradas de desaprobación de varios invitados. Después de eso, se mostró bastante insoportable, contándole a cualquiera que quisiera escuchar sobre el compromiso de la manera más arrogante posible. Al principio, James mantuvo un fuerte agarre en el codo de Ellen, haciéndola girar para que pudiera confirmar lo que les acababa de decir. Fue una escena espantosa. Casi todos los invitados tenían la misma mezcla de confusión y lástima en sus ojos cuando James corrió la voz.

Después de unos quince minutos, Ellen pudo afirmar que se sentía enferma y que debía retirarse a dormir. No estaba lejos de la verdad. Se sentía bastante enferma y cansada de su nuevo prometido.

Cuando salió de la sala principal, pudo escuchar a un par de hombres en un pasillo lateral decir su nombre. Caminó un poco más despacio para poder escuchar sin ser demasiado obvia.

"...Si si lo se. Ella siempre ha sido tan amable y tan hermosa. Realmente es una lástima..."

Estaba claro que ella no era la única que sentía que su brillante futuro iba a ser opacado. En lo alto de las escaleras, entró en su habitación y cerró la puerta con llave, algo que nunca hacía. Se quitó la pesada falda de aro y se derrumbó en la cama. Con las cobijas sobre su cabeza finalmente se permitió llorar. *Al menos está hecho* , fue el último pensamiento que pasó por su mente mientras caía en un profundo y agitado sueño. Soñó con un conejo vestido de novia y un pavo vestido de novio.

Capítulo 7

La Nueva Vida De Amelia

30 de junio al 17 de julio de 1868

Las estrellas brillaban, los grillos cantaban y las flores volvían a florecer. A Amelia todavía le encantaba sentarse en este balcón. Había sido su lugar favorito para despejar la cabeza después de que su esposo se durmiera desde esa primera noche. Habían pasado tres años desde que Amelia se había casado con Quincy Brown. Ahora era una mujer muy diferente de lo que había sido entonces. Parecía hace tanto tiempo. Habían pasado tantas cosas.

Cuando se casó por primera vez, Amelia había considerado su situación como si fuera el fin del mundo. Lloró mucho al principio. A veces lloraba por su madre, a quien el señor Brown no le permitió ver durante los primeros meses de su matrimonio. A veces lloraba por su infancia perdida. A veces lloraba aparentemente sin motivo alguno. Gran parte de su tiempo de tranquilidad lo pasó pensando en lo bueno que sería si el anciano muriera pronto. Amelia realmente temía no volver a ser feliz nunca más.

Sólo ahora, después de la muerte de Quincy, pude ver la situación correctamente. Nunca estuvieron enamorados, pero en realidad no había sido tan malo. Vivir con él había sido como vivir con un anciano guardián que la cuidaba. Su familia también se había beneficiado enormemente de su matrimonio. Quincy había sido muy amable con ellos financieramente. Trató de ser bueno con su esposa y tuvo éxito la mayoría de los días. De hecho, Quincy había sido un hombre de hábitos moderados, sólo bebía una copa de vino con la cena y fumaba una pipa dos veces al día. Sin embargo, su otro apetito, el de las mujeres jóvenes, era una historia diferente.

Muchas veces él le había sido infiel, pero a ella no le había importado tanto como otros podrían haber pensado. Era un arreglo que tenían. La verdad era que lo quería como a un querido amigo, pero se encogía cada vez que se acercaba a su dormitorio. Afortunadamente, las habitaciones separadas no eran desconocidas. Amelia incluso sospechó que estaba aliviada de poder continuar con sus asuntos sin demasiada interferencia.

Nunca fue deshonesto al respecto. Si ella preguntaba, él se lo diría. Después de las primeras veces dejó de preguntar, pero siempre supo. Al menos era discreto. La mayoría de las veces escogía mujeres que fueran sirvientas o igualmente motivadas para guardar silencio.

Poco después de casarse, Amelia descubrió que estaba embarazada. Bernard Bennett Brown se unió a su familia unos meses después, y la pequeña Anna poco tiempo después. Al principio se parecían a Quincy, pero a medida que envejecían, se parecían más a Amelia. Ambos eran hermosos niños con el cabello oscuro y rizado y los ojos azules de su madre. Quincy dejó que los padres de Amelia visitaran a los bebés cada dos semanas.

Bernard se parecía mucho a su padre en personalidad, muy serio para un niño tan joven. Anna se estaba volviendo completamente diferente a cualquiera de sus padres. Parecía feliz y tranquila, nunca se quejaba a menos que tuviera hambre o necesitara un cambio. Sin embargo, dado que Amelia era tan joven y se encontró embarazada de mala gana, y luego con dos niños pequeños, se volvió demasiado para ella. Amelia los amaba, pero los niños también la abrumaban o la aburrían con facilidad. Se necesitaba una niñera.

Amelia contrató a Annette McLure, de diecisiete años, como niñera poco después del nacimiento de Bernard. Annette procedía de Irlanda, pero también tenía ascendencia francesa. Ella había sido una de varios niños. Un día se decidió que, por el bien de la familia, Annette iría a Estados Unidos a trabajar. La única forma en que había podido hacer esto era como sirvienta contratada. Incluso después del largo viaje en bote por el océano y de haber sido propiedad de alguien que la trató peor que a un animal de granja, todavía pensaba en Estados Unidos como la tierra de las oportunidades. Amelia admiró su espíritu.

Sin embargo, fue una sorpresa desagradable cuando terminó embarazada del hijo de Quincy poco después de que Amelia quedara embarazada de Anna. Amelia no lo había visto venir. La sencilla Annette, con cabello castaño claro y ojos castaños apagados, no era como ella se había imaginado a una seductora. Obviamente, su marido había visto algo en Annette que Amelia no podía.

Annette había estado tan asustada y avergonzada cuando le dijo a Amelia que estaba embarazada que Amelia no podía estar enojada con ella. Ya tenía tres o cuatro meses cuando confesó su estado. Se decidió que Annette ayudaría en la cocina hasta que tuviera a su bebé, momento en el que volvería a ser la niñera. Se encontraría a otra persona como niñera temporal hasta entonces.

Fue entonces cuando Amelia contrató a Henrietta, una joven de unos catorce años que antes era esclava, para que cuidara de sus hijos. Henrietta era muy oscura, probablemente la persona más oscura que Amelia había visto nunca. Había cuidado niños desde que tenía alrededor de ocho años y estaba muy bien informada. "Bebés de cualquier color, señora", como siempre se apresuraba a agregar. Amelia nunca se preocupó de que sus hijos estuvieran en buenas manos. Henrietta era confiada y serena en las malas situaciones.

Solo tres meses después, Henrietta comenzó a cambiar. Se volvió más reservada y callada. Amelia había visto este comportamiento antes con Annette McLure y sospechaba que su esposo tenía algo que ver con este cambio. Cuando le preguntó a

Quincy al respecto, él admitió que ese era el caso. Ella preguntó la naturaleza exacta de su relación.

"Es una joven encantadora con la que disfruto pasar el tiempo. Es una distracción bastante agradable, aunque no la veo tan cerca de ti, querida. Eso es todo lo que diría al respecto, dejándola sacar sus propias conclusiones.

Amelia consideró preguntarle sin rodeos a Henrietta al respecto, pero ese era un nivel de crudeza al que no se rebajaría. Decidió que si Henrietta le decía que Quincy la molestaba, haría todo lo posible para que su esposo dejara a la niña en paz. Pronto pareció que la niña estaba embarazada.

Amelia esperó pacientemente a que Henrietta admitiera su fechoría y pidiera ayuda tal como lo había hecho Annette. Pero Henrietta nunca mencionó el embarazo. A pesar de que se hizo cada vez más obvio, ni una palabra al respecto escapó de sus labios. De hecho, Henrietta se volvió testaruda y difícil de tratar. Parecía que ella pensaba que ahora tenía influencia sobre el 'Maestro de la mansión', y todo lo que iba junto con eso. Amelia encontró esta actitud desagradable e insultante. Se negó a tener en su casa a una sirvienta polémica y orgullosa.

Dos semanas después de que Henrietta diera a luz a una niña, llamada Belle, Amelia despidió a la pareja. Fueron a unirse a otra familia local. Uno en el que Amelia confiaba para tratarlos bien. Parecía la única manera. Unos meses después de eso, Amelia escuchó el chisme de que Henrietta tenía un hijo mestizo, pero nunca se atrevió a admitir quién era el padre. *De todos modos, a la mayoría de la gente no le importa lo suficiente como para hacer un seguimiento de algo así*, razonó para sí misma.

Con el tiempo, Annette volvió a ser la amante de Quincy. Amelia sospechaba que Annette podría incluso pensar que lo amaba, aunque era dudoso que él también la amase. En un año, Quincy se enfermó cada vez más, e incluso entonces Annette se mantuvo leal a él. Era una cuidadora devota y Amelia estaba agradecida por ello. Se negó a velar junto a su cama, pero tampoco quería que su querido viejo amigo sufriera más de lo necesario. Cualquiera que fuera la enfermedad, fue afortunadamente rápida. Quincy sucumbió a la semana de estar en cama.

Habían enterrado a Quincy ayer. Por la gracia de Dios, los niños eran demasiado pequeños para entender mucho. Habían asistido los hijos de Quincy de sus dos matrimonios anteriores, al igual que el personal de la casa y varios conocidos. Tuvieron una buena participación y las cosas transcurrieron tan bien como cabría esperar en un funeral.

Los hijos adultos de Quincy, muchos de los cuales eran mayores que Amelia, se quedaban en la mansión hasta que se leyera el testamento y se otorgarán los bienes de manera adecuada. Esto puso a Amelia un poco nerviosa. Se dio cuenta de que había varias formas de dividir la propiedad entre sus parientes. Por lo general, una tercera esposa no podía esperar mucho. Por primera vez desde que se casó, Amelia se sintió preocupada por el futuro económico de ella y sus hijos. Nunca antes había considerado la posibilidad de perderlo todo por unos trazos de tinta sobre un pergamino.

—Supongo que pronto lo descubriré —dijo Amelia al aire de la noche—. Solo podía esperar y rezar para que el hombre con el que se había casado la recordara favorablemente.

El día siguiente fue un comienzo de julio cálido y ventoso. Si no hubiera sido por las circunstancias, Amelia se habría encontrado disfrutando mucho el día. Todos se reunieron en el salón para escuchar al abogado leer la última voluntad y testamento de Quincy Brown Senior. La anticipación era espesa en el aire de verano.

Amelia se dio cuenta de que contenía la respiración y la dejó salir lentamente. Su mente corría con preguntas. ¿Quincy sería amable con ella? *Por favor, Señor*, oró, *que se acuerde de los niños*. Ella no quería ser una de esas esposas que estaban completamente desamparadas después de la muerte de su esposo. Ella no podía volver a eso. Y ella no lo haría.

Los problemas financieros de sus padres se habían resuelto en gran medida. Con la ayuda de su difunto esposo, ahora estaban libres de deudas y les iba mucho mejor. Incluso sus hermanas habían ganado una buena cantidad de peso y ahora se veían bastante saludables. Siempre podría vivir con ellos, supuso.

Amelia había empacado una caja con sus objetos de valor, en su mayoría joyas, la noche anterior. Por si acaso. Si Quincy se los hubiera dejado a otra persona, siempre podría ocultarlo y afirmar que no tenía idea de dónde podrían estar. Luego, después de que todos dejaran de buscar, podría empeñarlos para financiar una vida más segura si fuera necesario.

Lo peor que temía Amelia era la posibilidad de quedarse sin hogar pronto. Realmente había llegado a amar esta vieja casa. A pesar de sus fallas, tenía un encanto tranquilo y una sofisticación. Era el único hogar que sus hijos habían conocido. Pero no, no se permitiría pensar en eso ahora.

Unos momentos después, se reveló su destino. Amelia se sintió aliviada al saber que no tenía que pensar en esas terribles posibilidades en absoluto. El querido Quincy había dejado a Amelia ya sus hijos exactamente la mitad de su fortuna y bienes. La otra mitad de la cual se dividiría en partes iguales entre sus otros hijos, excepto el más pequeño, que todavía era un adolescente.

Para sorpresa de todos, Quincy había dictado en su testamento que Amelia tomaría parte de su herencia para pagar deudas, dar una pequeña tarifa a cada sirviente y usarla para cuidar a su hijo adolescente. Se esperaba que ella fuera la tutora del niño hasta que alcanzara la edad adecuada. Hasta entonces se esperaba que ella se hiciera cargo de su educación y cuidado general. Fue una gran sorpresa para Amelia, que era poco más que una adolescente.

La herencia que Quincy le había dejado a Amelia ya los niños no era una suma pequeña. Amelia se sintió culpable instantáneamente al sospechar lo peor de su difunto esposo quien, a pesar de sus fallas, siempre había sido generoso con su riqueza. También le había dejado una nota personal que explicaba brevemente que sentía que ella más lo necesitaba porque sus hijos eran muy pequeños y ella dependía mucho de sus recursos. Ciertamente más que sus hijos adultos, quienes habían alcanzado algún nivel de logro financiero. Algunos más que otros. Nombró a Quincy Jr. en particular como un ejemplo de cuán exitosos se habían vuelto sus hijos.

Se dio cuenta de inmediato que los hijos de Quincy estaban tan sorprendidos como aliviados. Claramente, nadie había sospechado que Amelia recibiría tanto como ella. La mayor parte de la conmoción se había disipado cuando les sirvieron la comida del mediodía, y el sentimiento general era que todos estaban satisfechos con lo que habían recibido. Excepto Quincy Jr., que tenía una expresión agria mucho después de que los demás regresaran a su vida cotidiana. Amelia se preguntó cuánto tiempo se quedaría.

La primera esposa de Quincy se llamaba Susanna. Un sirviente le había identificado su retrato a Amelia. Solo había uno, obviamente pintado en el momento de su boda, que colgaba junto a las escaleras. Susanna aparentaba ser una joven delgada de unos dieciocho o diecinueve años con una piel muy pálida que contrastaba mucho con su cabello azabache y sus ojos oscuros. Quizás estaba enferma.

Sus rasgos afilados la habrían hecho parecer muy severa, excepto por el hecho de que un lado de sus labios estaba hacia arriba en lo que podría ser una forma juguetona. O puede haber sido presunción. Susanna provenía de una familia extremadamente rica y, por lo tanto, estaba acostumbrada a su entorno lujoso en Gray Hall. En el retrato, claramente se veía mucho más tranquila de lo que Amelia se había sentido al llegar.

Quincy y Susanna solo habían estado casados un año cuando ella murió al dar a luz al primer hijo de Quincy, un varón, a quien apropiadamente llamó Quincy Jr. El niño prosperó a pesar de no tener una madre. Probablemente debido a que Quincy pagó una gran suma a varias enfermeras, niñeras y escuelas diferentes para asegurarse de que su primogénito fuera atendido tan bien como se esperaba. Quincy Jr. tenía ahora veintinueve años, era un abogado de éxito, estaba casado y tenía dos hijos pequeños.

Cuando Quincy Jr. llegó para el funeral, Amelia pudo ver que se parecía más a su madre que a su padre. Tenía el mismo cabello azabache, piel pálida y ojos negros como el carbón. Su rasgo más distintivo era su gran nariz ganchuda que también había heredado de su madre. Sin embargo, una vez que abrió la boca sonaba y actuaba como su padre. Tanto es así que en varias ocasiones Amelia se había desconcertado al escuchar lo que sonaba como si su difunto esposo hablará en la habitación de al lado.

El rumor entre los sirvientes ancianos era que Quincy, a pesar de haber estado casado antes y después, solo había entregado su corazón a su segunda esposa. Algunos de los sirvientes más antiguos todavía recordaban cuando trajo a Rebecca a casa después de la boda. Según ellos, fue un matrimonio por amor.

«Eran tan cariñosos el uno con el otro», le había dicho una vez a Amelia el viejo Henry, el jardinero. "Actuaron como recién casados hasta que ella murió. Teníamos que fingir que no vimos nada de lo que hicieron a plena luz del día. Seguro que lo extrañamos más tarde cuando todas las risas se fueron de la casa".

Rebecca tenía poco más de veinte años cuando se casaron. Su pelo largo, rizado y rubio enmarca unos grandes ojos verdes. Era regordeta y muy curvilínea con una cara en forma de corazón. Había siete retratos de ella en la casa. En casi todas posaba al aire libre, y sostenía algún tipo de flor en sus pequeñas manos. Amelia supuso que Rebecca era la responsable de plantar las fragantes flores cerca del balcón del dormitorio.

Quincy había estado casado con su segunda esposa durante veinticinco años antes de que ella muriera de cáncer. Le había dado a Quincy cuatro hijos sanos en esos años. Los tres mayores tenían veinticuatro, veintidós y diecinueve años. Todos tenían varias obligaciones que les obligaron a regresar a casa tan pronto como se leyó el testamento, y habían estado fuera de su alcance durante varios días.

Amelia se sintió bastante aliviada por su precipitada partida. Había algo inquietante en ser superada en número por los hijos de su difunto esposo que eran tan viejos o mayores que ella. Fueron bastante agradables con ella, incluso bien educados después de haber leído el testamento. Sin embargo, era obvio que tenían tanta prisa por irse como ella por verlos partir.

La niña Brown más joven había cumplido catorce años hacía dos meses. Su nombre era Augustus, y se parecía mucho a Quincy excepto por sus ojos verdes y su rostro en forma de corazón. Dado que generalmente estaba en un internado francés, Amelia solo lo había visto un par de veces antes cuando llegó a casa durante las vacaciones anuales de Navidad durante dos semanas. Aun así, los dos nunca habían interactuado mucho. Esta vez se quedaría hasta que Amelia pudiera decidir qué era lo mejor para él. La llenó de inquietud.

Pasaron algunas semanas, pero Amelia todavía no podía decidirse sobre qué hacer con su hijastro. Una parte de ella pensó que sería mejor enviarlo de regreso al internado para que terminara su educación. Sin embargo, si hacía eso, a Amelia le preocupaba tener la tentación de dejarlo allí hasta que creciera lo suficiente como para estar solo. Amelia sabía que esto no era lo correcto, pero sería más fácil que la alternativa.

La alternativa, por supuesto, era mantenerlo en la mansión con ella hasta que encontrara su camino en el mundo, lo que seguramente llevaría años. Bien o mal, Amelia no estaba segura de querer criar a un chico de catorce años del que sabía muy poco. Amelia nunca fue muy maternal, ni siquiera con sus propios hijos. ¿Cómo podía esperarse que fuera madre de alguien tan cercano a ella en esa edad?

Para complicar las cosas, estaba bastante claro que a Augustus no le gustaba Amelia. Por eso sabía que él se resentirá con ella, independientemente de lo que ella decidiera. Si ella lo enviaba de regreso a la escuela, probablemente él nunca volvería a visitarlo y la culpará por el hecho de que extrañaba su hogar. Por otro lado, si ella lo dejaba vivir con ella de forma permanente, ciertamente no le agradaría el hecho de que ella lo apartara de su vida en Francia, a lo que debe estar acostumbrado. De cualquier manera, Amelia sintió que era su deber guiar al niño de una manera que su difunto esposo hubiera aprobado.

Al final ella determinó que, aunque él era muy joven para tomar una decisión tan grande, lo mejor sería dejar que él decidiera por sí mismo. Amelia sabía muy bien lo que había sentido que su futuro fuera decidido por ella y deseaba evitar esa opción, si era posible, para su hijastro. Un día ella lo sentó para preguntarle qué pensaba que sería lo mejor. Él la sorprendió siendo muy maduro en su respuesta. Quería pensar en ello durante unos días. Ella estaba feliz de complacerlo.

Pronto le había dado su respuesta. Augustus quería volver al internado en Francia. Su padre lo había enviado allí cuando tenía nueve años, y era la única vida que había conocido en cinco años. Al principio, comprensiblemente, había estado asustado y extrañaba mucho su hogar, pero durante el primer año se había acostumbrado a todo. Era más familiar de lo que sería vivir en la mansión.

Además, si volviera a vivir en la mansión ahora, estaría pensando constantemente en su padre. Todo el tiempo que podrían haber tenido ahora lo habían perdido. Aparte de la conexión con su padre, realmente no sentía que tuviera una razón para quedarse. Sus hermanos eran mucho mayores que él. Augustus también parecía abrumado por la idea de cómo comenzaría a integrarse nuevamente en la vida estadounidense.

"Está bien", dijo Amelia con cautela. "Entiendo, pero ¿eres feliz allí?"

Esta pregunta hizo retroceder a Augustus por un momento. Amelia pudo ver en su rostro que en realidad nunca había pensado en ello como una elección que pudiera hacer por sí mismo. Pasaron unos momentos de silencio en la elegante sala. Era un silencio muy cómodo.

Fue entonces cuando Amelia sugirió que tal vez debería probar con un internado más cerca de casa. Parecía una forma ideal de integrar los dos conceptos, dándole a su hijastro su independencia, así como la capacidad de conectarse nuevamente con sus raíces. Además, podía venir a visitar la casa de su infancia cuando quisiera. A Augustus pareció gustarle esta idea, pero estaba preocupado por la calidad de la educación estadounidense en comparación con la que había recibido en Francia. Amelia quedó impresionada con su previsión.

"Conozco al menos dos escuelas de excelente reputación. Uno está en Louisiana, el otro está en Virginia. Los cursos educativos de cualquiera de las dos escuelas son muy similares. Consisten principalmente en química, filosofía, astronomía y varios cursos de idiomas, incluidos francés y latín, por supuesto. En algunos casos los alumnos se quedan allí hasta los veinte años, por lo que tendrías tiempo de sobra para empezar de nuevo".

Augustus dijo que necesitaría más tiempo para considerarlo. Amelia dijo que tomaría en consideración sus deseos, pero que en última instancia sería su decisión cuál sería el mejor camino para él. Ella dijo que tendría su decisión a finales de mes, pero probablemente antes. Hasta entonces, ella lo animó a que siguiera leyendo, pero que por lo demás disfrutara de los días de ocio del verano en la propiedad de su padre. Él se burló de esto y ella solo lo vio a la hora de comer después de eso. No es que le importara mucho. Sus manos ya estaban ocupadas con su hermano mayor.

Había tomado algún tiempo, pero Quincy Jr. finalmente se iba. Después de semanas de acoso, amenazas de demandas y groserías, finalmente llegaron a un acuerdo. Durante esas semanas, Amelia tuvo que recordar constantemente que, aunque no lo pareciera, Quincy Jr. estaba de duelo. Trató de ser una buena mujer cristiana, de ser paciente y amable frente a su flagrante desprecio por el hecho de que ahora era su propiedad Parecía no haber considerado nunca que estaba siendo un mal invitado al que ella tenía todo el derecho de echar. La idea había cruzado por su mente más de una vez mientras él la bombardeó con acusaciones de ser una cazafortunas.

Bueno, lo soy, tuvo que recordarse a sí misma. *Mis padres ni siquiera habrían considerado a Quincy como una pareja adecuada si no hubiera sido por su fortuna. Supongo que podría haberme negado rotundamente, pero entonces, ¿dónde estaría ahora?*

Eventualmente, las cosas llegaron a su clímax cuando él la acusó de falsificar el testamento de su padre, ¡o tal vez incluso de asesinarlo! Esta acusación la había hecho girar literalmente sobre sus talones para poder enfrentarlo. Él era un hombre bajo, alrededor de dos pulgadas más alto que ella, por lo que era fácil para ella mirarlo directamente a los ojos. Sus fosas nasales se ensancharon con indignación.

"Ahora mira aquí. He recibido todo tipo de abusos y acusaciones de ti, pero ya no. Puedo ser muchas cosas, pero no soy una asesina. Y si lo hubiera sido, no habría lastimado a tu padre, a quien quería profundamente.

Entiendo que estés de duelo, y entiendo que perdiste a tu padre. ¿Te das cuenta de lo que podría haber perdido? Perdí toda sensación de seguridad que tenía en este mundo hasta que el abogado leyó las palabras en el papel devolviéndome esta casa y todas mis pertenencias. Gracias a la generosidad de tu padre, recuperé mi vida, que fácilmente podría haber sido arrebatada por unas pocas palabras descuidadas. He tratado de ser paciente. He tratado de tratarte como si todavía tuvieras derecho a una parte de esta propiedad, pero a menos que comiences a tratarme con el debido respeto, me aseguraré de que nunca vuelvas a poner un pie en estos terrenos.

Cuando dejó de hablar, Amelia se había esforzado hasta el punto de que sus hombros se agitaban y sus puños estaban apretados. No recordaba haber estado tan enfadada nunca. Quincy Jr. debe haber sentido esto porque ahora parecía una persona completamente diferente. Amelia lo había visto pasar de hostil a defensivo, sorprendido y luego asustado. Ahora parecía casi arrepentido, excepto por un persistente sentido de derecho.

Perder los estribos fue lo mejor que pudo haber hecho. Al final resultó que debajo de toda esa bravuconería solo estaba preocupado por dos cosas. El primero es su hermano Augusto. Aunque solo era su medio hermano y no parecían tener una muy buena relación, Quincy Jr. esperaba que lo pusieran a cargo del bienestar de su hermano. Pensó que probablemente sería su tutor, o tal vez uno de sus otros hermanos lo sería, pero que al menos tendría algo que decir sobre cómo viviría su hermano el resto de su vida hasta que fuera adulto.

Desde que se convirtió en padre, Quincy Jr. tenía opiniones muy firmes con respecto al beneficio de una educación sólida y preferiblemente estadounidense. Le preocupaba que Amelia no compartiera esta creencia y encerrara a su hermano en la casa hasta que cumpliera la mayoría de edad, dándole así control sobre el dinero. O tal vez tomar la herencia legítima de su hermano y enviar a Augustus a algún tipo de escuela de oficios o de aprendizaje, que Quincy claramente pensó que era una opción inferior a una educación local adecuada. Quizás lo que más temía era la posibilidad de que Amelia descuidadamente le diera todo el dinero a Augustus y no lo usara para cuidarlo en absoluto. Cualquier chico de catorce años estaba obligado a gastarlo de manera imprudente y rápida, dejándolo sin dinero ni educación cuando llegara a la edad adulta.

Cuando Amelia reveló la conversación que tuvo con Augustus, pudo ver que la tensión desaparecía del rostro de Quincy. Fue entonces cuando Amelia se dio cuenta de su error. Ella había asumido que a los demás no les importaría particularmente lo que le pasó a su hermano. Eso fue una tontería. El hecho de que fueran mucho mayores y estuvieran bastante ocupados con sus propias actividades no significaba que fueran completamente indiferentes.

Ella pidió la opinión de Quincy, y él expresó claramente su deseo de que su hermano se quedara en los Estados Unidos. Preferiblemente en Georgia o el Sur. Amelia se sintió muy aliviada al escuchar que esa era la misma conclusión a la que había llegado. Repitió lo que sabía de las escuelas de Virginia y Luisiana, y Quincy estuvo de acuerdo en que esta solución parecía ideal.

La segunda preocupación de Quincy se refería a una propiedad que estaba seguro de que su padre había querido heredar para él o sus hermanos. Por lo que Amelia pudo deducir, era una especie de pabellón de caza donde Quincy Se. había llevado a sus hijos de vez en cuando. Eran varios acres de área boscosa con un río. También había una cabaña en él, que tenía tres dormitorios y una gran chimenea de piedra. Amelia sabía que probablemente tenía razón acerca de que Quincy Sr. tenía la intención de legarla a sus hijos mayores, por lo que accedió a darle la escritura a Quincy Jr. siempre que la compartiera con cualquiera de los demás que quisieran usarla. Aceptó con gusto, el alivio aparente en su rostro.

Había tomado demasiado tiempo, pero finalmente, esa tarde, Quincy Jr. se fue de la mansión. Amelia estaba más que aliviada. Mientras subía las escaleras de madera pulida que alguna vez le habían parecido tan extrañas, se dio cuenta de que era la señora de la mansión. Una nueva sensación de orgullo se apoderó de ella. Este fue el primer gran conflicto al que se enfrentó completamente sola. Qué batalla había sido. Ella había salido victoriosa.

Capítulo 8

Una Boda

5 de junio de 1865

Muchos decían que no se podía organizar una boda como es debido en cuestión de días. Por supuesto, la implicación era que esta debía ser una boda impropia. El corto aviso llevó a muchos a creer que María ya estaba embarazada y pronto comenzaría a aparecer. Por supuesto, si la gente lo hubiera pensado un poco más, se habrían dado cuenta de que ella no podía haber estado lo suficientemente avanzada como para saber si estaba embarazada, ya que habían pasado solo unos días desde que Charles había regresado.

Lo cierto es que la pareja estaba tan feliz ante la perspectiva de casarse por fin que no les importaba en absoluto lo que la gente les dijera a sus espaldas, o en ocasiones en su cara. Lo miraron con humor y pudieron ignorarlo todo. Por supuesto, la pobre Catherine era una historia diferente. No salió de su casa, por temor a la humillación pública, hasta el día de la boda. Los amaba mucho a ambos y se sentó con orgullo al frente de la capilla.

Fue un servicio corto. El ministro obviamente había escuchado los rumores y casi se había negado a realizar la ceremonia. Eventualmente, decidió que si ella realmente ya estaba embarazada, no debería haber demora. Al final, fue una boda sencilla pero agradable. La recepción se llevó a cabo en la residencia de Booker, por supuesto, que ofreció grandes y exuberantes jardines y hermosos paisajes. Parecía lo correcto. Los recién casados vivirían con Catherine por un tiempo hasta que Charles pudiera encontrar trabajo y mantener a su nueva esposa.

Charles y Mary se sonrieron felices el uno al otro. Los años que tenían por delante parecían llenos de infinitas posibilidades. Visiones de niños y de envejecer juntos desfilaron por sus mentes. Seguramente esto fue solo el comienzo.

Capítulo 9

La Nueva Vida De Anna

Julio-diciembre de 1865

Durante los meses siguientes, Anna se adaptó a una rutina cómoda. Sobre todo ayudaba con las tareas del exterior. Le encantaba alimentar y cuidar a los caballos. Especialmente montándose, cosa que hacía con las piernas a ambos lados. El caballo gris se llamaba Cloud y el marrón, Buck. También consiguió un trabajo de medio tiempo en la ciudad en Barney 's Mercantile. Estaba a solo unas tres millas a pie de Lilly puerta principal

Una cosa que Anna había anhelado cuando salió al oeste era un compañero para hacer actividades al aire libre, sin embargo, este sueño pareció desvanecerse ante sus propios ojos. Charity era una chica de campo en el fondo. Le encantaba estar al aire libre, pero como estaba tan pálida, su piel se quemaba rápida y severamente. Entonces, obviamente, Charity ayudó principalmente con las tareas internas. Parte de la razón por la que se convirtió en maestra fue para evitar estar bajo el sol de Texas, pero sobre todo adoraba a los niños.

A Henry le hubiera gustado cabalgar con ella por las tardes después del trabajo, pero su esposa estaba embarazada y Henry deseaba no dejarla sola con demasiada frecuencia. Henry le había presentado a Anna a su esposa Sarah unas tres semanas después de la llegada de Anna. Estuvo a la altura de todo lo que Charity y Henry habían dicho sobre ella. Sarah era amable y hermosa. Sus muchos talentos incluían la cocina, el canto, la jardinería y la costura.

Todos se conocían desde hacía años y básicamente habían crecido juntos. Mucha gente confundió a Charity y Sarah como hermanas al principio porque Sarah también tenía una coloración muy pálida. Sus ojos grises eran penetrantes y su cabello era rubio claro, aunque no se acercaba al color blanco nieve del cabello de Charity.

Sin embargo, también había muchas diferencias. Charity tenía curvas, pero Sarah era tan delgada como su marido. Charity tenía rasgos pequeños y delicados, mientras que Sarah tenía rasgos anchos. Nariz ancha, ojos grandes, sonrisa ancha. El resultado general fue que Charity parecía remilgada y correcta, con rasgos de muñeca, y Sarah parecía amistosa y accesible. La gente tendía a contarle a Sarah los detalles personales más extraños sin invitación. Esto era algo que a menudo la desconcertaba.

Anna había escuchado la historia de cómo Henry y Sarah se conocieron y se dieron cuenta de que querían casarse. Henry había estado viviendo casi solo desde que tenía diecisiete años, trabajando en trabajos cortos de ganado en el área para mantenerse. De vez en cuando volvía a casa y se quedaba con su madre y su hermana durante unos días aquí y allá hasta que llegaba otro trabajo. Un día, mientras él se hospedaba allí, Charity invitó a su mejor amiga, Sarah, a cenar. Henry había conocido a Sarah cuando era niño, pero habían pasado algunos años desde que se vieron. De inmediato, Charity supo que algo era diferente porque pensó que ambos estaban "actuando de manera bastante tonta".

Sarah y Henry admitieron estar interesados desde el principio. Después de unos tres meses, estaba seguro de que algún otro hombre la haría perder el control justo debajo de sus narices, así que le pidió la mano a su padre. Estuvo de acuerdo, siempre y cuando Henry esperará hasta que Sarah cumpliera dieciocho años. Faltaban nueve meses para eso en ese momento.

Mientras Henry esperaba para casarse con Sarah, trabajó duro, ahorró dinero y apartó una suma modesta. Lo suficiente para construir una pequeña casa. Tenía una chimenea de buen tamaño, un pozo, un altillo para dormir y una huerta, justo para ellos como recién casados. Ahora estaba ocupado agregando otra habitación y haciendo mejoras para su familia en crecimiento. Hablaron de conseguir una cabra pronto en caso de que necesitaran más leche.

Mientras contaba la historia, Henry se había esforzado por mantenerse modesto, pero era obvio que estaba orgulloso de su pequeño hogar. Ambos lo eran. Anna pensó que era una historia bastante romántica. Claramente se adoraban.

Un caballero llamado Robert Hansen había comenzado a visitar la casa para ver a Charity en las últimas semanas. Parecía bastante serio en sus intenciones. Anna pensó que era un hombrecillo tonto. Robert medía alrededor de 5'3", rasgos de elfo y ojos azul oscuro que tenían picardía dentro de ellos. Su rasgo más notable era el cabello rojo brillante y salvaje que Anna supuso que provenía de su padre sueco. Estaba lleno de energía y nunca parecía estar sentado por mucho tiempo. Anna sabía que Charity estaba bastante enamorada de él por alguna razón. *Robert también es profesor, así que tal vez esa sea la atracción*. Ella se preguntó.

Incluso la propia Anna había tenido uno o dos hombres que mostraron interés, pero ella no les devolvió el sentimiento, por lo que se dieron por vencidos bastante rápido. La verdad era que Anna estaba muy feliz de estar sola. O lo era hasta que apareció el hombre adecuado. Si alguna vez lo hizo. Para ella, tenía que ser amor verdadero. Nada más haría. No era tan tonta como para creer en el amor a primera vista, pero tenía que haber algún tipo de conexión inicial.

Entonces, Anna llevó una vida contenta, aunque algo solitaria, en Dallas. Mientras montaba a Buck una noche cerca de la puesta del sol, llegó a una cresta y se detuvo para disfrutar de la belleza que la rodeaba. Rayas rojas y naranjas llenaron el cielo de verano. Una cálida brisa de la pradera levantó mechones de cabello que se le habían escapado de la trenza. Lágrimas inesperadas asomaron a sus ojos.

Orando suavemente, dijo: "No tengo nada de qué quejarme. Tengo una buena vida aquí. TENGO amigos, pero no a los que les gusta viajar conmigo. Gracias por eso Señor." Después de unos momentos de silencio, agregó: "Si es Tu voluntad, ¿me enviarías un compañero para cabalgar con el Señor? Sé que debes tener otras cosas en mente. Sería tan bueno... Una vez más, gracias por todo lo que ya tengo. Amén."

De inmediato su soledad fue reemplazada por la calma. Si el buen Dios quisiera que ella tuviera un millón de amigos, o solo uno cercano, sucedería. Si se suponía que debía tener un compañero de equitación, eso también sucedería. Lo que sea que la vida le depare, lo abrazaría con una actitud de gratitud.

Para octubre, Anna realmente había comenzado a sentirse como en casa en Dallas. La nostalgia todavía se aferraba a su corazón de vez en cuando, pero ya no lloraba tanto. Su madre todavía enviaba cartas todo el tiempo, por supuesto. Estaba bastante ansiosa por saber que su hija se estaba acomodando adecuadamente. Anna trató de asegurarle que todo estaba bien, pero sabía que su madre nunca estaría completamente segura. Preocuparse era su naturaleza. En todo caso, se sentía más segura de sí misma y autónoma que nunca antes en su vida.

Habían sido unos meses ocupados. Charity se había casado con Robert Hansen el primero de septiembre. "Un nuevo mes para nuestro nuevo comienzo", había explicado con felicidad brillando en sus ojos.

Había sido una boda pequeña, sencilla, de estilo fronterizo con una ceremonia corta. Delicias caseras habían llenado una mesa para que los invitados disfrutaran. Sarah había sido su dama de honor y Anna había sido su única dama de honor. Charity era la novia más hermosa que Anna había visto en su vida.

Anna había extrañado a su ex compañera de cuarto después de la boda. También fue muy agradable tener su propia habitación nuevamente. Charity ya estaba esperando su primer hijo. "Oh Anna, ¿puedes creer nuestra buena fortuna de tener un bebé de luna de miel?"

Henry y Sara tuvieron a su bebé a mediados de agosto. La llamaron Augusta por el mes en que nació, y su segundo nombre era Charity. Era realmente una bebé hermosa, con mechones rubios como su madre y los ojos color avellana de su padre. Era adorada por todos.

Hoy fue como cualquier otro para Anna, que estaba trabajando en la tienda hasta que el suelo bajo sus pies comenzó a temblar. *¡¡¡TERREMOTO!!!* fue su primer pensamiento. *¿Qué tengo que hacer? Nunca he estado en un terremoto antes*. Miró a su alrededor, aterrorizada, tratando de ver qué estaban haciendo los demás. Para su sorpresa, todos parecían bastante tranquilos. Parecía seguir y seguir. Anna se giró para ver a la señora Barney, la esposa del dueño de la tienda, que acababa de salir del almacén. La señora Barney resopló y pareció molesta.

"Ahí van el Sr. Wright y su hijo otra vez. ¿Por qué tienen que hacer eso durante el horario comercial? Es tan desconsiderado", dijo con un chasquido de lengua. Anna siguió la mirada de la Sra. Barney hasta el frente de la tienda donde podía ver claramente docenas de vacas a través de la gran ventana de la tienda.

"¡Ahí van, justo por Main Street, como si les perteneciera!" La cara de la Sra. Barney estaba roja por estar molesta.

"Sra. Barney, si puedo ser tan audaz, ¿por qué...?

—Porque, señorita Adams, deben llevar su ganado a otro pasto por alguna extraña razón por la que los rancheros hacen eso. Aparentemente, debe suceder justo en frente de nuestra tienda", respondió la Sra. Barney bruscamente. La expresión de su rostro le advirtió a Anna que no hiciera más preguntas.

Como una polilla a una llama, Anna no podía apartar la mirada. Se encontró caminando hacia la calle para tener una mejor vista de este extraño fenómeno. Había un señor mayor de cabello blanco, tal vez de unos cincuenta años, montando un caballo marrón. Llevaba el típico atuendo vaquero, chaparreras incluidas. Anna nunca antes había visto un vaquero de verdad. Bueno, no uno sentado en un caballo, arreando ganado por la calle. Quedó fascinada al instante.

Mirando calle abajo, vio a otro hombre a caballo, empujando a algunos de los rezagados. Mientras se acercaba, el sentimiento más extraño se apoderó de Anna. Se sentía acalorada y nerviosa, y al mismo tiempo perfectamente tranquila. Sus ojos estaban pegados a este hombre sentado sobre un caballo bayo, el rostro bronceado parcialmente oculto por su sombrero de ala ancha. Estaba sudoroso y cubierto de mugre, pero de alguna manera, era perfecto. Parecía tener veintitantos años, con el pelo rubio apenas visible.

El extraño debió sentir que ella lo miraba, porque sus ojos se encontraron con los de ella. El corazón de Anna se derritió. Esos ojos eran tan azules y profundos como el océano. Tan profundo y enfocado... enfocado en ella, se dio cuenta con un sobresalto. Este extraño vaquero la estaba mirando de manera diferente a como nunca antes la había mirado nadie. Anna sintió que se le ponía la piel de gallina en los brazos.

Podría haber sido un segundo o podría haber sido diez minutos que se miraron el uno al otro. Anna nunca lo sabría con seguridad. Se inclinó el sombrero, una sonrisa infantil jugaba en sus labios delgados, que estaban colocados justo encima de una barbilla fuerte. Entonces, de repente, el tiempo comenzó a moverse de nuevo. Trotó tras la última de las vacas y desapareció calle abajo. Anna tuvo la extraña sensación de que acababa de ocurrir algo increíblemente importante.

Era un día claro y fresco de invierno. Había nevado mucho la noche anterior, pero hoy las cosas estaban hermosas. El cielo azul de invierno era tan brillante que casi me dolía mirarlo. Todo seguía tan tranquilo, incluso a las ocho de la mañana cuando entraron a la iglesia.

Anna había estado esperando esto toda la semana. Seis semanas antes, el vaquero se había presentado en la iglesia a la que asistía con los Wheeler. No se había atrevido a hablar con él, pero era obvio que se habían visto. Era una iglesia demasiado pequeña para no haberlo notado, ya que estaban sentados a solo dos bancos de distancia el uno del otro.

La tía Lilly ciertamente se había dado cuenta de que la atención de Anna no estaba en el mensaje ese día, y le había dicho a Anna todo el camino a casa que Anna había insistido en que se fueran justo después de la iglesia. Anna estaba demasiado avergonzada para admitir que tenía razón, pero ambos sabían que la tenía. El tema quedó en el aire durante el resto de la semana.

Anna estaba decidida a hacerlo mejor la próxima semana. *Después de todo, es un hombre, no una serpiente. No hay ninguna razón para tener miedo. Entonces, ¿por qué me sudan las manos?* Estas eran cosas que pasaban por su mente mientras trataba de armarse de valor para ir a hablar con él después de la iglesia. ¡Resultó que no tenía que hacerlo porque él vino directamente a hablar con ella!

Se presentó como Oliver Wright. Finalmente tenía un nombre para ponerle a esa hermosa cara. Había ido a esta iglesia con su padre de vez en cuando desde que era un niño pequeño, pero se quedó en la granja más domingos de los que le hubiera gustado. Anna dijo que lo mismo ocurría con su trabajo en la tienda, que ocasionalmente requería su presencia los domingos por la mañana. Preguntó por su padre e inmediatamente deseó no porque la tristeza ensombreció el rostro de Oliver.

Su padre estaba enfermo. Se había lastimado la pierna y se había infectado gravemente. Los médicos dijeron que podrían tener que amputar. Anna se sintió muy apenada por esto, y antes de darse cuenta, se había ofrecido a hacer galletas para su padre. Para su sorpresa, esto pareció animar a Oliver.

“Algo así podría marcar una gran diferencia para un viejo vaquero”, dijo. “Qué buen corazón tienes”.

Esa noche, la tía Lilly había ayudado a Anna a hornear su primera tanda de galletas. Estaba segura de que habrían sido horribles sin la ayuda de su querida tía.

Debido a su toque extra, resultaron suaves y húmedos. Anna estaba muy agradecida. ¿No se sorprendería su madre cuando lo leyera en la siguiente carta?

Al día siguiente entregó las galletas de avena y pasas, y se alegró de ver que efectivamente parecía levantar el ánimo del anciano. Ambos hombres le dieron las gracias a ella ya la tía Lilly efusivamente. Estaba claro que rara vez comían tales golosinas caseras. Las galletas desaparecieron en minutos y Anna prometió hacer más la próxima vez.

Durante las semanas siguientes, Anna y Oliver se vieron al menos dos veces por semana. Siempre con el padre de Oliver, Joseph, o la tía de Anna como carabina. A veces ambos. El padre de Oliver mejoró con el tiempo y pronto la amenaza de amputación fue un recuerdo lejano, pero ella siguió visitando. El hombre mayor era muy importante para su hijo. Anna encontró muy atractivo a un hombre que conocía el valor de la familia.

Se enteró de que la mayoría de su otra familia estaba fuera del área o muerta. Oliver había tenido una vez dos hermanos y una hermana. Habían muerto en el mismo incendio que se había llevado a su madre. Eso fue hace unos siete años. Fue un recuerdo muy doloroso. No le gustaba hablar de eso, y Anna podía entender por qué. Estaba claro que habían sido una familia unida.

Anna se sorprendió de lo mucho que apreciaba y ansiaba estos momentos juntos. Aparentemente, Oliver sintió lo mismo porque la semana pasada le había preguntado si podían iniciar un noviazgo adecuado. Anna había accedido de buena gana.

Era un tipo diferente de vaquero que la mayoría de los hombres de aquí. Ollie, como había empezado a llamarlo, era sensible, pero también fuerte. Era honesto, trabajador y sabía cómo tratar a su caballo. En lo que a Anna se refería, se podía decir mucho sobre un hombre por la forma en que trataba a su caballo. Habían comenzado a dar paseos juntos de vez en cuando cuando él no estaba demasiado dolorido por un día de trabajo.

Hoy era el primer día que se sentarán juntos en la iglesia. Tan pronto como llegó, vio que Oliver ya estaba allí, claramente reservando un lugar para ella justo al lado de él. Anna se sentó a su lado, no demasiado cerca, pero tan cerca como se atrevió. Puso su Biblia entre ellos para asegurar una distancia adecuada. Estaban complacidos de que el sermón de ese día fuera sobre la importancia de la bondad y el amor.

Capítulo 10

La Vida Como La Sra. Price

Mayo de 1865 a marzo de 1866

A mediados de mayo, con pocos asistentes, Ellen Smith se convirtió en Ellen Price. James no había querido esperar. Él lo había dejado muy claro al recordarle que su trabajo pronto requeriría que viajará. "Tengo mucho terreno que cubrir. ¿Sabías que mi trabajo me lleva por toda Nueva Inglaterra y la costa sur?

Sus padres habían insistido en que se casaran en su iglesia. Era tradición. "Nunca se sabe cariño. Dios puede hacer que esta sea una buena unión para ti todavía".

La ceremonia fue breve y directa, pero Ellen aún se sentía como una hipócrita al tomar esos votos con alguien que no era John. Sus lágrimas se confundieron con lágrimas de alegría en lugar de tristeza cuando fueron anunciados como el Sr. y la Sra. James Price. Después de eso, las cosas se volvieron borrosas. Los asistentes aplaudiendo. Tirando su ramo. Saliendo de la iglesia. Un corto paseo en buggy y luego estaba en su nuevo hogar.

Su nuevo hogar no era la gran mansión a la que estaba acostumbrada, no es que hubiera imaginado que sería. En cambio, era una modesta casa de estilo victoriano de dos pisos en la que James había gastado lo último de su herencia. Parecía tener algunos ángulos extraños y piezas arquitectónicas demasiado decorativas en el exterior, pero la impresión general era encantadora. Un gran porche y una amplia puerta de entrada con diseños tallados les dieron la bienvenida al interior. Una vez dentro, una sala de estar de buen tamaño estaba vacía, esperando a ser amueblada. Una modesta chimenea estaba en una pared, frente a una gran ventana. La cocina también estaba vacía a excepción de un gran armario lleno de artículos de cocina necesarios, una mesa con dos sillas y una estufa de hierro fundido.

Arriba había tres habitaciones con grandes ventanales. Uno tenía una pequeña chimenea. *Muy útil para el invierno*, pensó Ellen. Una cama doble estaba en la habitación. *Bueno, mi esposo ha hecho algunas provisiones, veo.* En ese momento, James arrojó un gran baúl de viaje sobre la cama. Había dos más en el buggy.

"Me iré por la mañana". Al ver la expresión de su rostro, continuó: "Ya he estado aquí demasiado tiempo y la compra de esta casa gastó la mayor parte de mi dinero. Seguro que tú y el bebé necesitaréis comer en algún momento, así que os dejaré lo que pueda. No estás muy lejos del patrimonio de tus padres y estoy seguro de que te ayudarán. Son buenas personas."

Ellen luchó en silencio con una pregunta dentro de sí misma antes de decidirse a hacerla. "James, tengo que saber... te vas porque..."

Ella le había contado sobre el bebé unos días antes de su boda. James lo había tomado mucho mejor de lo que había pensado. Es comprensible que estuviera molesto, pero no físicamente abusivo de ninguna manera. Sin embargo, emocionalmente era bastante brutal. Él se burló y se burló de ella por ser un castor ansioso en un tono degradante. Ella lo odiaba, pero lo dejó porque se lo merecía. No estaba diciendo nada que no fuera cierto en realidad. Tal vez este sería un buen matrimonio. James había aceptado la peor parte de ella y no le había dado la espalda. o la avergonzó públicamente.

Una voz irrumpió en sus pensamientos. "No. Es hora de que me vaya. No soy un santo, y no tengo la intención de vivir como tal para siempre. Cuando regrese, el bebé debería nacer y te tomaré como mi esposa entonces. Yo quiero bebés propios, ya sabes. Se acercó y sus ojos se entrecierran amenazadoramente "Solo mío de ahora en adelante, ¿entendido?"

—Sí —susurró ella, bajando los ojos. De repente se sintió aterrorizada por su cambio de actitud. Y así, él retomó su antigua personalidad yanqui amistosa—.

Voy a buscar el resto de tus cosas.

Esa noche compartieron una cama. Ambos completamente vestidos, ambos incapaces de dormir mucho. A Ellen le parecía tan extraño compartir una cama con alguien a quien no conocía, o que ni siquiera le importaba mucho. Todos sus sentidos le decían que se Desconfiaba de este extraño a su lado. Este hombre que era su esposo solo de nombre. En la oscuridad, su olor era más fuerte. Una vez que la colonia se disipó, descubrió que olía a cebolla, y algo más que no pudo reconocer. fue, también fue desagradable

"¿Cuánto tiempo estarás fuera?" Ellen le preguntó a su esposo a la mañana siguiente. A ella realmente no le importaba, pero su inminente ausencia la hacía sentir muy vulnerable. Especialmente en su delicada condición. Tan incómoda como había sido la noche anterior, podría ser peor una vez que estuviera sola. No había manera de saberlo hasta que se fue. James estaba poniendo cosas en un tosco carro de madera. Ya estaba unido a su hermoso castrado bayo.

"Es difícil de decir con estas cosas. Viajo lejos. Pueden pasar muchas cosas. Mal tiempo, enfermedad, hospitalidad inesperada por parte de extraños. Todo eso junto y más a veces. Espero que me vaya hasta enero o tal vez incluso febrero. No todos los viajes son tan largos, eso sí, pero este lo será. Deberías tener el bebé para entonces. , ¿Correcto?" Ella solo asintió. "Bueno, buena suerte con eso. Como dije, tus padres deberían ayudar un poco".

Pasaron algunos momentos incómodos. Ellen no estaba segura de si debía entrar o quedarse aquí para despedir a su esposo. ¿No era eso lo que hacían las esposas? James se subió al asiento del conductor. en buen orden, mujer, no quiero volver a hacer un lío. Chasqueó la lengua y se fue, el carro lleno de mercancías y varias cosas raras, avanzando a un ritmo constante.

Ellen suspiró con una mezcla de alivio y aprensión. Estaba sola. Verdaderamente sola por primera vez en su vida. vida. *¿Qué hago ahora?*

Para sorpresa de Ellen, James regresó solo tres meses después. Ella estaba mostrando para entonces, pero él no dijo nada al respecto. Solo se quedó durante cuatro días para reabastecerse. El negocio estaba mejor que nunca ahora que la gente estaba empezando a recuperarse un poco de la guerra. Muchos hombres querían reconstruir sus escondites de tabaco. Muchas mujeres buscaban zapatos, jabones o algunos de sus otros bienes, como medicamentos.

James le reveló a Ellen que algunos de los medicamentos que vendía era poco más que una mezcla de alcohol con otros ingredientes. La mayoría de las veces solo llevaba sales aromáticas y ungüentos para la piel. Ellen notó que James también empacaba raciones adicionales y se aseguró de que tuviera balas adicionales para su rifle.

"Mucha gente está pensando en ir al oeste. Podría intentar ir un poco más lejos de lo que suelo hacer. Tal vez hasta Kansas.

Cuando su marido partió, ella volvió a tener la casa para ella sola. Pasó el tiempo y ella aprendió a abrazar su tiempo a solas. Jardinería, enlatado, costura, tejido. Visitar a sus padres se convirtió en algo habitual. Ella siempre fue bienvenida, por supuesto. Ellen pasó el último mes de su embarazo en su antiguo dormitorio bajo la atenta mirada de su madre.

James no volvió hasta finales de febrero. Para entonces, Ellen se había acostumbrado a ser la madre de su dulce bebé. Su familia realmente había sido increíblemente solidaria y útil cada vez que Ellen necesitaba ayuda o consejo. Ella no podría haberlo hecho sin ellos. John B. Price se parecía mucho a su padre, con los mismos ojos distintivos color miel. Su cabello era rojo, pero de un tono más claro que Ellen pensó que probablemente se suavizará hasta convertirse en un hermoso rubio rojizo a medida que envejeciera.

La semana pasada había llegado una carta diciéndole a Ellen que estaría en casa en los próximos días. Efectivamente, alrededor de las cinco de la tarde, Ellen escuchó que el caballo y el carro de James se detenían frente a la casa. Su estómago se llenó de mariposas mientras esperaba a su esposo. Caminando hacia la estufa, revuelve la olla de sopa. No porque lo necesitará en absoluto, sino porque necesitaba hacer algo para calmar sus nervios.

El sonido de pasos pesados resonó en el porche y la puerta se abrió, dejando entrar una ráfaga de viento helado. El hombre que entró y cerró la puerta rápidamente era sin duda James, pero no se parecía mucho al James que se había ido hace unos meses. Llevaba una especie de piel de animal como abrigo, con guantes de piel a juego y botas de piel. Una barba larga y descuidada, mojada por la nieve, brotaba de su rostro. Ellen casi se echa a reír, pero se lo pensó mejor. Después de todo, ¿qué tipo de saludo sería ese?

Apartándose de la estufa, sonrió y le dio la bienvenida. "¿Supongo que tienes hambre?" Él solo gruñó, lo que ella interpretó como que sí. "Bueno, entonces, te alegrará saber que estoy haciendo sopa en este momento. Debe hacerse en no más de media hora.

Se sentó pesadamente a la mesa. Sus botas estaban haciendo un charco que Ellen se obligó a ignorar. Nada más que el sonido de la nieve derritiéndose. Goteo, goteo, goteo. "¿Qué tipo?"

Tanto para "Gracias" o "¿Cómo estás?" Tomó aire antes de responder: "Es pollo con verduras y arroz. Hecho de algunas de las conservas de mis padres. La mayor parte se cultivaba en su tierra".

Siguió un largo e incómodo silencio. Podía sentir sus ojos en ella mientras vertía un poco de agua en una taza para él. Finalmente, se levantó y miró al bebé acostado en un moisés al lado de la mesa. John estaba muy callado, pero estaba completamente despierto. Elena se puso rígida. Este era el momento que ella había estado temiendo.

Estudió su rostro de cerca en busca de alguna señal de cómo se sentía James. *¿Estaría James enojado, frío o la humillara de nuevo? ¿Se marcharía furioso y no volvería en meses? ¿Seguro que no le haría daño al bebé?* Si él mostraba alguna intención de eso, ella intervendría antes que él. Agarró la cuchara de madera con fuerza en su mano derecha.

"Parece un niño, ¿verdad? ¿Cual es su nombre?" Para su sorpresa y su inmenso alivio, su rostro no mostró más que una curiosidad contenida.

"John B. Price".

"Sin duda llamado así por su papá", se aclaró la garganta. "Se parece a él, pero también se parece a ti".

Con las mejillas sonrojadas, Ellen notó que la sopa estaba lista y le sirvió un poco a su esposo. Lo engulle con avidez. Un sorbo ruidoso llenó el aire. "¿Cómo es?"

"Muy bien. Mejor que toda esa cecina seca y esa galleta.

Dejándolo comer en paz, Ellen llevó al bebé a la habitación contigua, lo cambió y lo alimentó. Ella meció suavemente y cantó una canción de cuna mientras él miraba. La pequeña chimenea calentaba la habitación muy bien. Tan pronto como ella lo puso sobre su hombro, él se durmió. Después de poner a John en el moisés de su habitación y asegurarse de que estuviera arropado bajo una gruesa manta de lana, bajó las escaleras para cenar.

Tenía mucha hambre. Su esposo, sin embargo, tenía ideas diferentes. Antes de que Ellen pudiera servirse un plato de sopa, James se paró frente a ella y le tomó las manos. "Finalmente es hora de que te tome como mi esposa. Vamos —dijo, tirando de ella hacia las escaleras.

Estaba a punto de protestar, pero lo pensó mejor. James podría acudir a un juez mañana y pedir la anulación si ella no empezaba a comportarse como una esposa. Si anularon su matrimonio, ¿dónde los dejaría a ella y al bebé John? A regañadientes dejó que James la llevara a su dormitorio.   De repente se quedó helada de pánico.

James, ¿qué pasa con el bebé? susurró con urgencia. James se acercó en silencio y recogió el moisés. Lo llevó suavemente a la habitación contigua a la de ellos y dejó la puerta entreabierta, todo sin despertar a John.

"Ahí. Ahora, vamos a la cama.

Un millón de pensamientos pasaron por la mente de Ellen. El bebé nunca ha estado en su propia habitación. *¿Y si está asustado? ¿Y si se resfría?*

Cuando Ellen abrió la boca para expresar estas preocupaciones, James cerró la distancia entre ellos, plantando su boca sobre la de ella. No debería haberse sorprendido, pero lo estaba. El beso fue muy desagradable. Su boca era áspera, la barba áspera pinchaba en su piel sensible, y obviamente no se había bañado en mucho tiempo. Obligándose a continuar, retrocedió lo suficiente como para desvestirse mientras él la seguía con entusiasmo.

Más tarde, Ellen bajó sigilosamente a la cocina para comer, pero una vez allí se dio cuenta de que simplemente estaba demasiado cansada para comer, así que simplemente limpió y volvió a la cama. Su forma de hacer el amor, si se puede llamar así, ciertamente no había sido lo que había experimentado cuando John aún vivía. James era mucho más rudo y codicioso. Había insistido en estar satisfecho dos veces antes de dejarla volver a la cocina. Ellen trató de pensar positivamente. *Tal vez solo está ansioso. Estoy seguro de que se volverá menos frenético después de un tiempo.*

Los siguientes días fueron desafiantes por decir lo menos. Ellen apenas dormía y no comía tanto como debería. Tan pronto como el bebé se acostó, James insistió en que hicieran lo mismo, sin importar qué más tuviera que hacer esa noche. Después de eso, intentaba terminar cualquier tarea que no había podido completar y, mientras lo hacía, el bebé se despertaba para su primera alimentación durante la noche.

Se dormía exhausta, dormía dos o tres horas aquí y allá, solo para ser despertada por su niño hambriento unas horas más tarde, quien estaba listo para amamantar nuevamente. Poco después, su esposo esperaba que ella se levantara para preparar el desayuno, que insistió en comer al amanecer. Afortunadamente, esto solo duró unos días y luego se adaptaron a una rutina más manejable. Principalmente esto se debió al hecho de que James se conformaba con hacer el amor cada dos días.

Al cabo de dos meses, volvió a quedar embarazada. James estaba muy emocionado ya que estaba a punto de despegar por unos meses nuevamente. Ellen estaba menos emocionada, pero trató de consolarse teniendo en cuenta que al menos sería bueno tener niños de edades similares. Podrían cuidarse unos a otros y jugar juntos más fácilmente.

Capítulo 11

La Segunda Oportunidad De Amelia

Marzo - mayo de 1869

Cualquiera de los sirvientes te diría que Amelia era la reina de su castillo. Por primera vez en su vida era una joven soltera y moderadamente rica. Si bien la mayoría de las mujeres de su edad competían ferozmente entre sí por cualquier hombre que pensaban que podían conseguir, Amelia estaba en una posición envidiable. Los hombres acudían a ella en su lugar. A pesar de que no había terminado con el año de luto apropiado, todavía recibió mucha atención. Lo estaba disfrutando enormemente.

Amelia podía ver ahora cuán acertados habían estado sus padres al presionar a Quincy con ella. Unos pocos años de matrimonio con un hombre mayor algo tolerable, y ahora estaba en una posición mucho mejor que si hubiera elegido un camino diferente. No es un mal precio a pagar.

Sin embargo, ella no quería volver a casarse. Esa parte de su vida había terminado. Tenía a sus dos queridos hijos y suficiente dinero para que todos vivieran cómodamente. Eso fue suficiente.

Ahora podía pasar su tiempo como quisiera. Ir a bailes o organizar fiestas eran sus nuevos pasatiempos favoritos. Antes, cuando Quincy estaba vivo, nunca había querido salir ni hacer una fiesta de ningún tipo. La verdad era que aunque lo hubiera hecho, Amelia se habría sentido humillada de ser vista con él. Ahora ella era libre.

Fue en una de esas fiestas donde Amelia conoció a Adam Cook. Ella había organizado una fiesta para celebrar la llegada de la primavera. Vestirse para una fiesta que estaba organizando siempre la emocionaba mucho. Su vestido de terciopelo azul hacía juego con sus ojos, y su cabello estaba cuidadosamente recogido sobre su cabeza, excepto pequeños rizos en sus sienes. Un gran collar de diamantes adorna bellamente su largo cuello. Descaradamente acentuaba su vestido con hombros descubiertos.

Cuando Amelia entraba en una habitación, podía sentir los ojos sobre ella. Y no solo porque ella era la anfitriona. Ella no lo habría tenido de otra manera. Seguramente había otros en la habitación que eran más blancos, más ricos o más hermosos que ella, pero no los tres al mismo tiempo.

Mientras caminaba por las habitaciones saludando a todos, se encontró con una vista curiosa. En una de las habitaciones laterales más pequeñas había un grupo de damas. Este grupo estaba formado por mujeres de todas las edades y circunstancias. No creía que tuvieran mucho en común entre sí. De hecho, sabía con certeza que tres de las mujeres en el grupo acurrucado apenas podían soportarse.

Fue solo una vez que se acercó que se dio cuenta de que este grupo no era exclusivamente femenino. Allí, en el centro de todo, estaba un hombre solitario con una sonrisa confiada. Era más alto que el grupo de mujeres en altura. Sus anchos hombros eran todo músculo debajo de su esmoquin blanco. Adam fue definitivamente el hombre más atractivo allí esa noche. A Amelia le pareció por todo el mundo como un gran héroe de tamaño natural de una pintura romántica.

Cuando se hicieron las presentaciones, se dio cuenta de que él había venido con un amigo en común. Habían servido juntos en el campo de batalla. A medida que se conocieron, Amelia se sintió un poco intimidada. No solo era guapo, sino que también era valiente y encantador. Había sido Capitán en el Calvario. *Bueno, eso explica su trasero tonificado*, pensó Amelia. Se estaba esforzando más de lo que quería admitir tratando de parecer no afectada por este hombre.

Tuvieron una conexión instantánea. El Capitán Cook la invitó a bailar varias veces esa noche, y cuando él se fue, ella sabía que él sería alguien especial en su vida. Por primera vez en mucho tiempo sintió mariposas. Amelia no había sentido eso desde... ¡Desde Barclay Johnston! ¿Cuánto tiempo había pasado desde que había pensado en ese chico de voz suave? El chico de los ojos marrones claros.

Pronto, Amelia y Adam se hicieron conocidos como la pareja más atractiva. A medida que continuaban viéndose, rápidamente se dio cuenta de que no se trataba de un inocente enamoramiento infantil. Lejos de ahí. De hecho, un intenso deseo había comenzado a habitar su mente. Siempre que estaban juntos, la pasión que sentían el uno por el otro se hacía cada vez más evidente.

A veces sentía como si se derritiera bajo la mirada de sus intensos ojos verde mar, pero bajo ninguna circunstancia se lo diría. Esa sería la forma más segura de perderlo. Los hombres como Adam, que eran ferozmente independientes y estaban acostumbrados a ser adorados por las mujeres, tenían que ser tratados con un enfoque de guante de terciopelo.

A pesar de toda su belleza y riqueza, sabía que él huiría a la primera señal de que se estaba encariñando. A menos que él sintiera lo mismo. La única manera de mantener a un hombre como Adam Cook era nunca perder la calma frente a él. Ella siempre debe vestirse para matar, mostrarle lo independiente que es, acariciar su ego y sólo ocasionalmente provocarlo con su lado sensual. Si ella decidiera quedarse con él, sería cosa suya.

Poco tiempo después, su plan valió la pena. Un día él le propuso matrimonio. Al principio abrió la boca para decirle que no. Había un millón de razones por las que debería decir que no. Era demasiado confiado y arrogante. Obtuvo demasiada atención donde quiera que fuera, ya sea por su apariencia, su encanto o sus actos heroicos. Le gustaba su vida tal como era. Su independencia, su propia vida y todo eso. Y si realmente la amaba, seguramente le propondría matrimonio de nuevo. Ella debería hacerlo esperar.

Pero mientras estos pensamientos revolvían dentro de su cabeza, Adam pasó una mano por su espeso cabello rubio. De repente, parecía un niño pequeño hablando con su enamorado. Era tan vulnerable y esperanzado. Ella no pudo resistirse. Sería un noviazgo corto.

Capítulo 12

La Boda De Anna

20 de diciembre de 1867

Hoy fue el día más feliz de su vida. Anna no veía la hora de casarse con Oliver. La pequeña habitación que usaba para cambiarse y ponerse el vestido estaba bien iluminada por una hermosa vidriera. La imagen de la Virgen María estaba grabada en él, lanzando una maravillosa variedad de rojo, amarillo, azul y verde alrededor de la habitación.

Anna giró, mirando su vestido flotar con gracia en el espejo de cuerpo entero. Era un vestido de novia sencillo y campestre, nada parecido a los que estaban de moda en el este. Por eso a Anna le encantaba. Las mangas largas eran de raso liso que se unía a un corpiño bordado con pequeños diseños en relieve. Aunque era muy largo, había una abertura modesta a cada lado que le permitiría montar a caballo, para que pudieran cabalgar juntos hacia la puesta de sol.

Su noviazgo había sido inusual. Ambos sabían que se amaban y querían casarse, pero ninguno había querido apresurarse a casarse. Ambos sintieron que era importante asegurarse de que su relación estuviera sobre una base sólida antes de hacer un compromiso de por vida. Pero fue sobre todo idea de Anna esperar tanto tiempo.

Oliver estaba nervioso porque encontraría un hombre diez veces mejor que él. Él confiaba en ella con todo su corazón, pero aquí en Dallas no te arriesgas a perder a la mujer que amabas. Siempre había habido más hombres que mujeres, y últimamente estaban llegando muchos hacendados ricos. Venían a empezar de nuevo después de la guerra, con los bolsillos llenos de dinero. Más cada día parecía. Todo lo que podía hacer era confiar en que su relación era más fuerte que el atractivo de un hombre que tenía más dinero, tierras y encanto.

Durante el año siguiente, más o menos, hubo algunos hombres que siguieron viniendo. Algunos incluso habían sido francamente agresivos, pero Anna los había disuadido cortésmente. Hizo falta más que una billetera gorda para volver la cabeza. Oliver era el único hombre que tenía su corazón. La había visto cuando era invisible.

Cuando le dio el visto bueno a Oliver, él casi saltó de alegría. Se aseguró de pedirle a la tía Lillian la mano de Anna en matrimonio. Estaba tratando de mantenerlo en secreto, pero la tía Lily no era de las que guardan secretos.

"Bueno, ya te tomó suficiente tiempo, joven!!!" Ella gritó en voz alta.

De hecho, lo había dicho tan alto que Anna podía escucharlo fácilmente desde la cocina. Anna no sabía con certeza que Ollie había venido a pedir su mano, pero como era la primera vez que insistía en hablar con su tía a solas desde que se conocían, tuvo una corazonada. Había tratado de encontrar algo más que hacer mientras hablaban, pero no podía quedarse quieta ni concentrarse. Comer galletas de avena recién horneadas había ayudado un poco, pero cuando escuchó a su tía exclamar, no pudo soportarlo más. Obligándose a caminar despacio, con el corazón acelerado, había salido de la cocina para encontrarlos mirándola con enormes y culpables sonrisas.

Un golpe en la puerta la devolvió al presente. Era hora. Anna prácticamente se deslizó hacia la puerta, sintiéndose mareada y agradablemente ligera. Caminó por un pasillo corto que conducía a la capilla donde pudo ver a Oliver de pie en el altar. Una gran sonrisa era visible incluso desde donde estaba. Deseó por centésima vez que su madre y su padre pudieran estar allí.

No tenían música, el organista estaba visitando a la familia a kilómetros de distancia, así que Anna simplemente comenzó a caminar. Se habían presentado un buen número de personas. Tal vez alrededor de cincuenta. Todos le sonreían y algunos, como Charity y Sarah, lloraban. No querían que nadie estuviera con ellos en el altar, de lo contrario, Sarah y Charity habrían sido sus damas de honor, pero ahora se preguntaba si eso había sido un terrible error.

En toda su vida, Anna nunca se había sentido tan vigilada y examinada. Sabía que los invitados a la boda probablemente estaban pensando en cosas amables, pero de repente se sintió muy insegura. *¿Siempre ha sido tan difícil caminar y sonreír al mismo tiempo?* Sus manos se sentían vacías ya que no tenía un ramo. Era el precio que se pagaba por casarse en invierno. Ahora entendía por qué las novias tienen uno, para tener algo que hacer con sus manos. Pero pronto estuvo al final del pasillo.

La ceremonia fue bastante breve, pero muy emotiva. Su pastor hizo un trabajo increíble al vincular la belleza de un matrimonio con la belleza del amor de Dios por sus hijos. Cada uno de ellos prometió amar y obedecer, para ricos o pobres, hasta la muerte. La luz de otra vidriera se reflejaba alrededor de la habitación, haciendo que toda la capilla pareciera coloridamente festiva.

La recepción duró aproximadamente una hora. El tiempo justo para saludar a todos apropiadamente y comer un poco del delicioso pastel. La tía Lilly había horneado la capa inferior, Charity la segunda capa y Sarah la capa superior. Cada capa estaba deliciosa a su manera única. El fondo era vainilla por fuera, pero chocolatoso por dentro y horneado a la perfección. La segunda capa era una delicada mezcla de sabores.

Anna pediría la receta para más tarde. Anna tuvo que admitir que la tercera capa no sabía tan bien, pero estaba intrincadamente decorada con flores de azúcar. Las tres mujeres obviamente estaban muy orgullosas de sus pasteles y no dejarían que Anna fuera a ninguna parte sin comerse un pedazo grande de los tres.

Alrededor de la puesta del sol, el nuevo esposo y la esposa montaron sus caballos y, como estaba planeado, cabalgaron juntos hacia la puesta del sol. A medida que se acercaban al rancho, Anna pudo distinguir la pequeña cabaña que se había agregado no muy lejos de la casa principal. La casa que Ollie había construido para ellos. Fue como un sueño.

Unas pocas semanas antes de la boda, Ollie y Joseph habían tenido una gran discusión sobre esa cabaña y no se habían hablado durante una semana. Oliver había insistido en que su padre se quedara en su propia casa, y él y su nueva esposa compartirán el nuevo hogar ya que no les importaría vivir en espacios cerrados. Pero Joseph había insistido en que él fuera el que se mudara ya que esa gran casa era demasiado grande para él de todos modos. Finalmente se decidió que el anciano se quedaría en su casa y los recién casados ocuparían la nueva cabaña. Solo hasta que otro miembro de la familia estuviera en camino de todos modos, momento en el que cambiarían de lugar sin ningún problema o discusión. Este compromiso pareció complacer a todos lo suficiente.

Después de guardar los caballos, caminaron tomados de la mano hacia su nuevo hogar. Era una casa de troncos pequeña, cuadrada, con una chimenea de piedra y espacio para un pequeño jardín. Anna no creía que hubiera una vista más bonita en la tierra. Una pequeña ventana reflejaba la puesta de sol de invierno en todo su esplendor, resplandeciendo de color rojo detrás de ellos. Estaban ansiosos por entrar. Y no solo porque había empezado a caer una ligera nevada y la temperatura estaba bajando.

La puerta de madera nudosa se abrió con facilidad cuando Ollie llevó a su nueva novia al otro lado del umbral. Dejándola justo dentro, Oliver encendió apresuradamente una pequeña lámpara y comenzó a hacer fuego. Una pila de madera cortada de tamaño mediano ya estaba junto a la chimenea de piedra esperando ser utilizada. Un regalo de Joseph, sin duda.

El acogedor espacio había sido rápidamente amueblado con algunos artículos pequeños. Anna cerró la puerta y corrió las cortinas de tela sobre las dos pequeñas ventanas. Uno miraba hacia el oeste y el otro hacia el este. En un rincón junto a la puerta había una mesita de madera tosca con dos taburetes. El otro rincón no era exactamente una cocina, pero tenía unos estantes, una palangana y espacio para preparar la comida.

Cruzó la habitación hasta la cama doble cubierta con una gruesa manta de invierno hecha de pelo de caballo y piel de oveja. Anna se sentó en la cama, sin saber qué hacer a continuación. A los pies de la cama había un baúl profundo de madera para cuando tuvieran tiempo de guardar cosas. En ese momento, la mayoría de sus artículos personales estaban en la casa grande. Joseph había tenido la amabilidad de cuidar su equipaje para que no tuvieran problemas. Pero eso esperaría hasta mañana.

Oliver terminó su tarea y se puso de pie. Mientras caminaba hacia la cama, ella no pudo evitar notar que sus manos temblaban un poco. Saber que él también estaba nervioso la ayudó a sentirse más cómoda. Fuertes brazos envolvieron a la nueva novia, y un cálido aliento le hizo cosquillas en el cuello. Mientras miraba a los ojos amorosos de su esposo, un grito ahogado de pura satisfacción escapó de sus labios. Esta fue la verdadera felicidad.

Capítulo 13

La Dura Verdad

Ellen, años 28
Noviembre-febrero de 1871

Pasaron los años y las cosas seguían igual para Ellen Price. James viajó durante meses y regresó, al parecer, solo el tiempo suficiente para dejarla embarazada de nuevo. Bueno, eso y armar un alboroto en la ciudad con su juego y su bebida. Ambos causaron que Ellen y sus hijos vivieran en la pobreza la mayor parte del tiempo. Sin mencionar que el comportamiento de su esposo fue humillante. Cuando él estaba fuera, Ellen se esforzaba el doble que cualquier otra mujer por mantener su reputación medianamente decente por el bien de sus hijos.

Si no fuera por el hecho de que sus padres y hermanos vivían a sólo unas pocas millas de distancia, habría estado exhausta todo el tiempo. Por no hablar de la pobreza extrema. Realmente habían sido su hombro para llorar y pilares de fortaleza para su familia. Aproximadamente una vez a la semana, Ellen llevaba a los niños a la casa de sus abuelos para pasar la noche o, a veces, el fin de semana. Sus padres adoraban a los niños y sus hermanos menores que aún vivían en casa estaban más que felices de ayudar. Ellen aprovechó este tiempo para ponerse al día con el descanso que tanto necesitaba.

También hubo más de una ocasión en la que la única razón por la que los hijos de Ellen tenían comida en la mesa se debió a la generosidad de sus padres. Un hecho que Ellen odiaba, pero que no podía hacer nada para cambiar. Había comenzado a dar lecciones de piano, lo que le dio un poco de dinero aquí y allá, pero nada sustancial. Incluso esta pequeña cantidad que Ellen tenía que esconder de James. Si lo encontraba, lo gastaría imprudentemente y luego se pondría de muy mal humor y la acusaría de ir a sus espaldas. Cada vez que su esposo llegaba a casa, lo primero que hacía, una vez que se había instalado, era registrar la casa en busca de su bolsa de monedas escondida.

Además de John, que acababa de cumplir seis años, Ellen tenía otros tres hijos. Estaba James Jr., de cinco años, Gabriel, de tres años y medio, y la pequeña Emma, de dieciséis meses. James Jr. y Gabriel se parecían mucho a su padre, pero tenían los ojos verdes y la estructura ósea de Ellen. Afortunadamente, también tenían personalidades completamente diferentes a las de James. Ellen se sintió muy complacida de notar que sus tres hijos fueron muy serviciales y encontraron alegría en casi todo.

John también se estaba volviendo como su padre. John era muy valiente y siempre exploraba los bosques cercanos a la casa, a menudo llevándose a James Jr. con él. Ellen tenía sentimientos encontrados acerca de sus excursiones. Por un lado, era genial que quisieran ser independientes. Por otro lado, el bosque podía ser peligroso si no se tenía cuidado. Ellen trató de disuadirlos de alejarse demasiado de la casa, sin que pareciera una tentación traviesa demasiado grande como para ignorarla.

La pequeña Emma se parecía casi exactamente a Ellen. Desafortunadamente, ella tenía la personalidad de su padre. Se apresuraba a tener un ataque cuando no se salía con la suya y, a menudo, estaba de mal humor sin motivo alguno. Ellen sospechaba que algún día crecería y se volvería muy hermosa y de voluntad muy fuerte. Los hombres parecen encontrar atractiva esa combinación a veces.

Tal vez ella sea lo suficientemente inteligente como para hacer una mejor pareja que yo. Dios mío, ayuda al hombre que se casa con Emma, pensó para sí misma en más de una ocasión. Suspirando descontenta, se reprendió mentalmente por pensar mal de su marido. Después de todo, ¿no se suponía que debías aprovechar al máximo una mala situación? ¿Busca el lado positivo de la nube oscura? Todo ese optimismo puede ser bastante agotador a veces.

Era temprano en la mañana del veinte de noviembre cuando Ellen notó por primera vez que Gabriel tenía fiebre y parecía inusualmente letárgico. Sintiendo que algo no estaba bien, envió al pequeño Gabriel de vuelta a la cama. Después de verificar si los otros niños mostraron algún signo de enfermedad (que afortunadamente no lo estaban), puso en cuarentena a los otros tres y los envió a la casa de sus padres. Quería llamar a un médico, pero James no la dejó.

James, que había estado en casa durante aproximadamente una semana y estaba molestando mucho a Ellen con sus hábitos groseros, la criticó en voz alta. Él le dijo que estaba siendo tonta. Haciendo acopio de fuerzas, se tragó un comentario acerca de que él era el que todavía estaba medio borracho a las 8 am. En cambio, dijo:

"Bueno, probablemente tengas razón, pero tengo un mal presentimiento sobre esto. Simplemente no quiero que nadie más se enferme si no es necesario".

En respuesta a esto, James hizo una mueca y dijo: "Mira, no digo que todos tengamos que enfermarnos, pero los demás probablemente ya lo tengan. Si es mortal, lo descubriremos lo suficientemente pronto". Ellen estaba sorprendida por lo que acababa de decirle. Peor aún, parecía presumido al respecto.

"¡Qué cosa tan horrible de decir! ¿Cómo puedes atreverte a decir eso? —gritó, con los ojos llenos de lágrimas. Esto inició una discusión bastante ruidosa que eventualmente terminó con James saliendo por la puerta. Se tomó unos momentos para gritar obscenidades por encima del hombro mientras salía. Ellen estaba de pie en la puerta abierta, con los ojos entrecerrados y los brazos cruzados.

"Algo anda mal en este mundo cuando un hombre ya ni siquiera puede relajarse en casa. Bueno, entonces, también podría ponerme en cuarentena en el bar..." Todavía estaba gritando calle abajo, pero ella no podía oírlo. Honestamente, no importaba de todos modos, ya había escuchado suficiente.

El veintinueve de noviembre, estaba claro que sus instintos habían sido correctos. Ellen no era doctora, pero estaba bastante segura de que Gabriel había contraído varicela. Los otros niños también se habían enfermado, pero ya se habían recuperado. Había sido un caso bastante ligero para ellos. No sucedió lo mismo con el pobre Gabriel, que parecía mejorar solo un día y ahora empeora mucho. Su fiebre se disparó y el pobre niño deliró.

Ellen rogó y suplicó que James llamara a un médico, pero él no cedió. Al principio era simplemente orgullo, y luego quedó claro que había gastado todo su dinero otra vez. Ella le indicó que sus padres pagarían, pero él no se rendiría. Finalmente, el primero de diciembre a las dos de la mañana, Gabriel renunció a su lucha y volvió a vivir con Dios. Sus padres le dieron suficiente dinero para comprar una lápida muy pequeña.

Elena estaba desconsolada. Pero más que desconsolada, más que nada, estaba enfadada. Nunca podría perdonar a su esposo por ser tan testarudo y cruel. No dejaría que él se acercara a ella sin importar lo amablemente que se lo pidiera o lo fuerte que gritara. Eventualmente se fue de nuevo por negocios. Ella se alegró.

Cuando regresó una noche tres meses después, sin duda esperaba una recepción diferente a la que ella tenía reservada. En su habitación, junto a la chimenea, había empacado todas sus cosas y las había puesto en un baúl. Había estado sentado allí durante meses. James estaba asombrado de que ella lo tratara de esa manera. Era de noche cuando llegó, y claramente tenía en mente una bienvenida más cálida a juzgar por ese brillo revelador en sus ojos.

Primero estaba furioso, gritaba amenazas y la insultaba. Aproximadamente una hora más tarde se volvió helado. "Sabes, Ellen, si salgo por esa puerta ahora mismo con mis cosas, puedes esperar no volver a verme nunca más". Podía decir por su expresión que hablaba en serio. Ella también.

"Conozco a James. Esto es un adiós", su tono frío coincidía con el de él.

"Veo que hablas en serio Ellen. No puedo evitar pensar que estás un poco histérica. Nadie podría haber evitado la muerte de ese chico". Por primera vez escuchó verdadera tristeza en su voz. Casi podía perdonarlo. Casi, pero no del todo.

Una vez que decidió que su esposo se iría, lloró durante semanas. No por ella misma, sino porque sus hijos se quedarían sin padre. A pesar de todos sus defectos, James había sido un padre decente. A veces James incluso parecía saber cosas que ella ignoraba. Cosas como cuándo deberían alcanzar hitos del desarrollo como gatear, hablar, etc. Incluso sabía cómo cambiar pañales.

Pero nada de eso importaba ahora. Había terminado durante mucho tiempo sin que Ellen se diera cuenta. Todo su matrimonio fue una ilusión. En retrospectiva, todo tenía sentido ahora. Desde que había encontrado las cartas.

Fue alrededor de tres semanas después del fallecimiento de Gabriel cuando decidió juntar las cosas de su esposo y ponerlas en el baúl donde estaban ahora. Era de noche y los niños se habían ido a la cama. Ellen no quería que la vieran haciendo esta desagradable tarea. Sería su carga sola. Mientras empacaba el baúl, buscó dinero o artículos de interés en los bolsillos a medida que avanzaba. Fue entonces cuando encontró las cartas.

En total eran tres cartas. Mientras Ellen leía, sus manos comenzaron a temblar incontrolablemente. La sensación de temor que se apoderó de ella fue casi demasiado para soportar. Era bueno que los niños ya estuvieran en la cama, o habría tenido problemas para explicar por qué estaba tan molesta a sus jóvenes perspicaces. Las cartas habían sido escritas por dos mujeres. Dos de una mujer llamada Marie y uno de una mujer llamada Alice.

Hola mi querido James,

cuánto anhelo volver a verte. Estoy muy contento de que el negocio le vaya bien. Los niños te extrañan. Siempre preguntan cuándo estará su padre en casa. Trato de recordarles pacientemente que nos amas y que estás lejos para mantenernos. Las cosas están bien aquí. Estoy bastante seguro de que el bebé nacerá pronto. Madre le envía saludos. El clima ha sido inusualmente templado para esta época del año en Pensilvania. Rezo por tu regreso seguro.

Tu amada esposa,
Alice

Incluso una carta hubiera sido suficiente para saber, sin ninguna duda, que James era bígamo. Las otras cartas eran de una mujer llamada Marie, que aparentemente vivía en Carolina del Sur. Sus cartas se parecían mucho a las de Alice. Era evidente que Marie también se creía su esposa y que también tenían al menos un hijo, que aparentemente se estaba recuperando de una enfermedad.

Corriendo afuera, Ellen se sintió inmediatamente enferma del estómago. Después de sentarse en el porche unos momentos, Ellen recuperó algo de su compostura. El aire frío de la noche ayudó a despejar su mente. Ella pensó largo y tendido. *profundas respiraciones.*

Ellen se consideraba una mujer bastante inteligente. ¿Había habido señales? No está claro que no. No es que ella hubiera sabido qué buscar. La idea de que esta situación fuera una posibilidad nunca se le había pasado por la cabeza. Tampoco lo habría hecho en mil años si no hubiera encontrado la evidencia.

No es que estuviera enamorada de su marido, y ciertamente no estaba celosa. Hacía mucho tiempo que había asumido que en sus largos períodos fuera de casa probablemente había buscado consuelo en otra parte. Tal vez visitar a una mujer de mala reputación, o divertirse de vez en cuando con alguna mujer crédula. Ellen incluso había considerado la idea de que James tal vez incluso se había enamorado en algún momento. Pero Ellen nunca pensó que en realidad se casaría con otra persona mientras aún estuviera casado con ella.

Todo fue impactante por decir lo menos. Especialmente considerando el tipo de hombre que era James. No era alto, guapo, elegantemente arreglado, ni siquiera bien educado. Tenía hábitos terribles, mal genio y no era un hombre de negocios particularmente exitoso. Ellen sabía muy bien por qué se había casado con James, pero ¿qué ganarían estas otras mujeres? ¿Cuál fue la atracción?

Fue entonces cuando todo volvió a ella. Cuán persistente fue al pedirle que se casara con él. A cuántas otras mujeres les pidió que se casara con él. Las largas distancias que recorrió. Las grandes sumas de dinero que nunca fueron lo suficientemente grandes. Y por supuesto, el conocimiento de cómo cuidar a los niños que ningún soltero debería tener.

No muchos hombres sabían cosas así, a menos que ya hubieran sido padres por un tiempo. Esta última idea hizo tambalearse a Ellen. *Estúpido yo. Ya era padre, ya estaba casado. ¡Soy la esposa extra!* Este último pensamiento la horrorizó, y estaba segura de que su cara debía parecerse a una de las víctimas de Medusa.

A pesar de estar terriblemente cansada, Ellen no había pegado ojo esa noche. Yacía en la cama, mirando sin ver la ventana en sombras. Un millón de pensamientos trataron de pasar por su mente a la vez. Dos se destacaron por encima del resto. El primero fue darse cuenta de que podría haber más de otros dos. Podría haber diez o veinte por lo que ella sabía.

¿Puede ser algo religioso? Ellen había oído hablar de hombres que tenían varias esposas porque creían que eso era lo que Dios quería que hicieran. No, definitivamente no. Lo sabría si James tuviera alguna creencia religiosa profunda de ese tipo. James ni siquiera oró en la cena. *Lástima, al menos entonces podría haber sido una especie de causa noble*, pensó. *No, sus motivos eran puramente egoístas.*

El segundo pensamiento que la mantuvo despierta toda la noche fue *¿qué voy a hacer ahora*? Sintió una pesadez de autocompasión que pesaba sobre ella, como una manta. *Puse mucho en esto. No esperaba ser feliz, pero pensé que al menos podríamos tener estabilidad. ¿Qué haré ahora?* No fue hasta el amanecer que se dio cuenta de lo que debía hacer. Avanzar era la única manera. Sin mirar atrás.

Ahora, tres meses después, James estaba tratando de mirarla fijamente y hacerla sentir que estaba equivocada. Bueno, eso no iba a suceder. —Encontré tus cartas, James —anunció—. Inmediatamente se volvió cauteloso.

"¿Qué quieres decir?" preguntó con los ojos entrecerrados.

"De Alice y Marie. Sé que también estás casado con ellos. Las cartas aclaran la situación".

Obviamente incómodo, podía ver que James estaba considerando mentalmente sus opciones. *Dios sabe qué otras cartas puede pensar que tengo,* pensó nerviosa. De repente cuadró los hombros y con una mirada de desafío dijo: "Bien. Si es cierto. No estoy únicamente casado contigo. ¿Qué vas a hacer, enviarme a la cárcel?

Trató de que la última parte sonó a sarcasmo, pero Ellen se dio cuenta de que estaba nerviosa. A decir verdad, esta pregunta sorprendió a Ellen. No había considerado enviarlo a la cárcel, pero podía hacerlo. Las cartas estaban debajo del colchón. Eso sería suficiente evidencia para cualquier tribunal. Finalmente, con voz tranquila, respondió: "No, James. No te enviaré a prisión. Aunque seguramente te lo mereces.

"Bueno, entonces... ¿qué es lo que quieres? Para que lo sepas, no me divorcie de ti ni de nadie más". Ellen no estaba sorprendida por esta declaración. Era un hombre estúpido y orgulloso.

Nunca estuvimos realmente casados, James. Quiero que sepas que no deseo cosas malas para ti ni para ti ... um... familias. No actuaré vengativamente. Todo lo que quiero es que me dejes a mí y a los niños en paz. Ella dijo la última parte en voz muy baja pero firme mientras lo miraba directamente a los ojos. "No nos vuelvas a molestar. Sólo déjanos vivir nuestra vida y tú sigue con la tuya

. —¿Qué les dirás a los niños?

"No tienes que preocuparte por eso, se me ocurrirá algo". Tomando una respiración profunda, continuó. "No puedo prometer que te pondrá en una buena luz, pero no le diré a nadie, especialmente a los niños, sobre los demás. Lo último que necesitan es ese tipo de legado detrás de ellos. Probablemente esperaré un tiempo apropiado y luego diré que nunca regresaste después de uno de tus viajes al oeste. Sucede con bastante frecuencia.

James consideró lo que estaba diciendo. Por un momento pareció que intentaría discutir con ella. Después de un rato él asintió levemente y emitió un gruñido, que ella interpretó como que esto sería satisfactorio.

No se había dicho una palabra más mientras James recogía en silencio las cosas que ella había empacado. Los puso en el carro sin quejarse. Incluso sin mirarlos para asegurarse de que todo estaba allí. Sin duda, tenía otras cosas en otros dormitorios en otros lugares, entonces, ¿por qué debería importarle lo que había en el baúl? El pobre caballo parecía cansado cuando lo amarraron una vez más.

Justo antes de irse, James subió las escaleras y miró a los niños dormidos en los dormitorios. Su expresión era ilegible en la oscuridad, pero su respiración era irregular. Por un momento, Ellen se sintió culpable y casi deseó poder retractarse. Afortunadamente, antes de que pudiera cambiar de opinión, James se dio la vuelta y rápidamente salió por la puerta principal. Ella lo siguió, sin saber muy bien por qué.

Se quedó junto a la puerta y observó a su esposo hacer los preparativos finales para irse. El aire exterior era fresco y fresco. Había una media luna que iluminaba la nieve del suelo. Desde lo alto de su caballo, miró a Ellen.

—Eres más problemática que todas mis otras esposas juntas —dijo bruscamente—. Después de mirarla fijamente por otro momento, chasqueó los pies y comenzó a bajar por el camino. Una sensación tanto de esperanza como de pérdida se apoderó de Ellen. No sabía si reír o llorar. De ahora en adelante tendría que esforzarse más que cualquier otra mujer que conociera.

Capítulo 14

Charles sin Mary

Enero-marzo de 1878

Los años posteriores a la boda de Mary y Charlie fueron borrosos con tantas cosas sucediendo en tan solo unos pocos años. Tenía la intención de mudar a su familia de la casa de Catherine a una propia lo antes posible, pero años después todavía vivía allí. A estas alturas, Catherine y Charles habían llegado a un acuerdo. Trataron de darse espacio el uno al otro y se trataron con respeto. Por suerte era una casa grande.

Charles no tardó mucho en encontrar un empleo remunerado en un banco de la ciudad. No era algo a lo que alguna vez hubiera aspirado hacer como carrera, pero tenía varias cosas buenas a su favor. En primer lugar, estaba a solo unas pocas millas de la casa de Catherine, lo cual era muy conveniente. En segundo lugar, no les importó su discapacidad ya que demostró ser confiable y bueno con los clientes. Probablemente lo más importante fue que fueron muy buenos en darle tiempo libre para pasarlo con su esposa cuando ella lo necesitaba.

Resultó que Mary tenía problemas para tener hijos. Tuvo varios abortos espontáneos dolorosos antes de tener una hija a los tres años de matrimonio. Los médicos le habían aconsejado que se contentaba con un niño sano, pero Mary deseaba desesperadamente más. Charlie y Catherine le habían suplicado que considerara su salud, pero ella no quería ni oír hablar de ello. Charlie incluso llegó a dejar de tener relaciones íntimas con su esposa por un tiempo, pero finalmente cedió y decidió que era su elección.

Después de tres años más agotadores física y emocionalmente, Mary pudo tener un hijo. Pero el embarazo y el parto habían sido muy duros para ella. Después de que nació el niño, Mary desarrolló una fiebre de la que nunca se recuperó. Charles se consoló al saber que su esposa había llegado a abrazar a su hijo al menos una vez.

Todavía era tan joven y hermosa cuando murió en el verano de 1871. Su hermosa Mary solo tenía treinta y dos años, su rostro aún no tenía arrugas excepto las pequeñas alrededor de sus ojos por la risa. Habían tenido seis hermosos años de matrimonio por los que Charles estaría eternamente agradecido.

Charles estaba desconsolado, al igual que Catherine. Si hubo una bendición que salió de eso, fue que podían consolarse mutuamente tanto como fuera posible en tal situación. Se unieron y se mantuvieron fuertes por los niños. Catherine opinaba que era una bendición que los niños fueran demasiado pequeños para saber lo que estaba pasando. Charles no estaba seguro de esa opinión, por decir lo menos, pero se mordió la lengua. Hacía mucho tiempo que había aprendido que morderse la lengua era una necesidad con su suegra a veces.

La vida continuó, como lo hace, y finalmente se establecieron en una especie de nueva normalidad. Hace unos tres años se había vuelto a casar con una mujer encantadora llamada Abigail. Era mayor, de unos treinta y nueve años, pero tenía mucho que ofrecer. Era amable, gentil e inteligente. Ella adoraba a los niños. Abigail y Catherine se llevaban sorprendentemente bien la mayor parte del tiempo. Abigail había llegado a amar mucho a la madre de la difunta esposa de su esposo.

A diferencia de Mary, Abigail sufría de una forma diferente de infertilidad. En lugar de tener abortos espontáneos, simplemente no podía quedar embarazada. Sin embargo, la siempre práctica Abigail había renunciado a tener hijos hace mucho tiempo cuando pensó que nunca se casaría. Por lo tanto, sintió que este no era un golpe tan malo que el destino le había dado. Al menos tenía a su amado esposo a quien siempre estaría agradecida. Charles podría haberse casado fácilmente con una mujer mucho más joven y bonita de una buena familia. Él la amaba por su alma, no por su juventud o belleza o de qué familia provenía.

Charles estaba secretamente complacido por la infertilidad ya que había perdido a una esposa por complicaciones del parto y estaba aliviado de que esta condición en particular nunca le quitaría a Abigail. Era cierto que él no la amaba de la misma manera que amaba a su primera esposa. Su matrimonio no fue dulce, simple y apasionado como solo lo es el primer amor. De alguna manera, Mary siempre sería parte de su vida y Abigail lo aceptó. Pero él y Abigail tenían un amor bueno, sólido y maduro. Un amor que proviene de que ambas personas saben exactamente quiénes son y aún encuentran espacio para amar a alguien tal como es. Tenían tantas diferencias que de alguna manera se complementaban. Las cosas que tenían en común eran aún mejores.

Pero aun así, tanto para Abigail como para Charles faltaba algo. Y así fue que un día, mientras caminaban por Main Street, un anuncio pegado a la puerta de una iglesia llamó la atención de Abigail.

El 5 de marzo de 1878 a eso de las 3 de la tarde El Tren de los Huérfanos transportaba niños pobres

SIN PADRES

llegará aquí a la ciudad desde
Nueva York.

Pedimos que el buen pueblo cristiano de esta ciudad muestra bondad a estos hijos de Dios necesitados. Fue el Señor mismo quien nos instruyó a cuidar de los huérfanos y las viudas. Cualquier parte interesada debe estar aquí a la hora y fecha señaladas. Habrá niños y niñas de todas las edades. Estos niños encontrarán hogares por orden de llegada, así que no dude si desea cuidar a los huérfanos. Que Dios tenga a bien mostrar a estos niños su misericordia.

El padre Primrose Flynn

Charles miró con ansiedad a su esposa y pudo ver de inmediato que no habría compromiso, soborno o discusión que pudiera hacer que ella olvidara que quería uno de esos niños. Su rostro estaba lleno de asombro y emoción. También había una dureza debajo que le mostraba cuán resignada estaba ella a esta idea. La vida sería muy difícil para él si tratara de poner un pie en el suelo e insistir en que su familia ya era perfecta, por lo que cedió de inmediato. Además, en el fondo sabía que esto estaba bien.

El cinco de marzo, se encontraron dentro de la iglesia dos horas antes. A pesar de esto, no fueron la primera pareja allí. Otras tres parejas estaban sentadas o de pie en la Capilla y parecían tan nerviosas como se sentían Charles y Abigail. "Tal vez tenían un largo camino por recorrer y querían estar aquí a tiempo", susurró Abigail en su oído.

Era una iglesia luterana con hermosos vitrales y bancas duras e incómodas, en las que se sentaban tratando de parecer una pareja seria y responsable. Abigail se había puesto un precioso vestido amarillo a cuadros y un sombrero de ala ancha con un girasol. Charles vestía una corbata amarilla con un traje oscuro por lo demás corriente. Abigail había insistido en que coincidieran hoy, y Charles había accedido después de unos días de considerar la idea.

El tiempo parecía pasar muy lentamente. La gente, en su mayoría parejas, llegaba cada pocos minutos. La mayoría de ellos parecían bastante normales. Eventualmente, el Padre Flynn subió al púlpito y saludó a todos calurosamente. Dio una breve charla sobre la alegría y las responsabilidades de ser padres. Parte de la audiencia se movió incómodamente. Abigail se preguntó si esto se debía al tema de los bancos. Ella suspiró con impaciencia.

"Y ahora, sin más preámbulos, les presento a los niños y sus tutores de viaje".

Unos dieciséis niños de ambos sexos y de diferentes edades salieron de una puerta justo al lado del escenario. En su mayoría eran niños, nueve en total. Los niños parecían tener entre cuatro y quince años. Charles pudo ver las diferentes personalidades de inmediato. Algunos niños miraban fijamente hacia el fondo de la sala, mirando a la nada, con mucho cuidado de no hacer contacto visual. Algunos se movían nerviosamente. Algunos hicieron contacto visual con alguien que pensaron que podría estar mirándolos. ¿Qué deben estar pensando? Un hombre que había estado viajando con los niños invitó a todos a subir para observar mejor a los niños.

"Si alguno te llama la atención, pídele cortésmente que se acerque contigo para hablar", instruyó. "Si todavía quieres llevar a este niño a casa, ven a verme a mí o a la señorita Carter y haz saber tu interés".

Charles y Abigail se miraron, alarmados. Tan poco tiempo para tomar tal decisión. ¿Se podría hacer? Debe ser uno, de lo contrario ninguno de estos niños sería adoptado.

"Echemos un vistazo a todos los niños y partamos de ahí", dijo Charles, tratando de sonar tranquilizador.

Varias otras parejas tuvieron la misma idea y comenzaron a subir al escenario. Todo esto se sintió muy surrealista. Miraron a cada uno de los niños cuidadosamente. Algunos pasaron rápidamente por alto, como los dos niños mayores que parecían tener una actitud, a pesar de no decir nada que sugiriera esto directamente. Era algo en sus ojos. Había una niña que no paraba de llorar. A pesar de lo mal que se sentían por ella, no se sentían conectados con ella. Había un niño de unos diez años haciendo muecas cuando pensó que nadie estaba mirando. Una chica de unos doce o trece años que seguía haciendo ojos a uno de los chicos mayores mientras él hacía todo lo posible por ignorarla.

Y entonces Charles la vio. Una niña de unos ocho años con cabello rojo y ojos marrones que se parecía mucho a su primera esposa. Estaba de pie en silencio, aparentemente indiferente a toda la conmoción a su alrededor. Sólo sus manos la traicionaron. Se apretaron con tanta fuerza que ella tenía los nudillos blancos. Mirando a su alrededor, notó que algunas de las parejas ya habían apartado a algunos de los niños. Debe actuar con rapidez. Inclinándose, susurró: "¿Qué piensas de esa niña pelirroja allí?"

Abigail pareció sorprendida. "En realidad estaba mirando a ese pequeño niño de cabello castaño. El que está al lado de ella.

Charles miró al chico. Era un niño hogareño de aproximadamente la misma edad que su hijo. Cabello y ojos castaños. Sin sonrisa. Era uno de los que miraban la parte de atrás de la iglesia. Estaba a punto de expresar estos pensamientos, de una manera más amable, a su esposa cuando vio que la pelirroja soltó una mano para ponerla suavemente sobre el hombro del niño. Con este toque, la cara del chico se animó un poco y se relajó un poco. ¿Quizás eran amigos? Abigail también pareció notar este intercambio y susurró: "¡Oh, hermanos Charles!" Él la miró y sus ojos brillaban de emoción.

"Vamos a hablar con ellos", dijo mientras se apresuraban.

Solo quedaban seis niños en el escenario. Los chicos mayores, entre las edades de once y quince (originalmente eran cuatro) habían sido elegidos primero. Probablemente para trabajo agrícola. A Charles no le gustaba pensar de esa manera, pero era la verdad. Después de eso, las chicas mayores comenzaron a desaparecer lentamente. Había tres de ellos entre once y trece años. Esas chicas probablemente serían entrenadas como sirvientas o algún tipo de sirvienta doméstica. Los más pequeños, menores de seis años, también tenían una gran demanda, por supuesto. En su mayoría por parejas jóvenes que querían un niño pequeño para agregar a su familia. Los niños que no fueron elegidos de inmediato se veían perdidos e incómodos. La niña que lloraba y el niño al que le gustaba hacer muecas seguían esperando.

Al principio, los niños, que se llaman Ruth y William, parecían desconfiar de estos dos extraños adultos que hacían muchas preguntas tontas. ¿Habían ido a la escuela? No. ¿Sabían leer o escribir o hacer sus sumas? Ruth sabía un poco de cada uno y le estaba enseñando a William, quien ya sabía casi todo lo que ella hacía. ¿Creían en Dios ya qué iglesia asistían? Creían en Dios, pero no estaban seguros de a qué iglesia pertenecían. La Sociedad de Ayuda a los Huérfanos, que los había acogido, había insistido en que todos los niños se unieran a las oraciones protestantes varias veces al día, pero sus padres eran católicos. ¿Qué pasó con sus padres? Murió en un incendio en una vivienda. ¿Y eran realmente hermanos? Sí. ¿Les gustaría vivir con ellos en este pueblo? Sí, mientras estuvieran juntos.

Y así fue como Charles y Abigail Knight volvieron a ser padres. Algunas personas hablaron de ello como si fuera algo escandaloso. Otros dijeron que era egoísta que un hombre de treinta y tantos años y una mujer de cuarenta y tantos adoptaran niños que nunca verían crecer hasta la edad adulta. Estos comentarios nunca molestaron a la familia Knight, que estaba demasiado ocupada disfrutando de la compañía del otro. Y dio la casualidad de que Charles y Abigail vivieron para ver a sus cuatro hijos hasta los veinticinco años e incluso tuvieron el privilegio de ver dos bodas y cuatro nietos antes de fallecer.

Capítulo 15

Una Gran Vida Antigua

25 de agosto de 1880

Había sido una gran vida antigua, pero Amelia sabía que estaba llegando a su fin. El médico de familia le había diagnosticado un cáncer de mama avanzado hacía varios meses. Al principio no quería creerlo, pero después de ver a otros tres médicos, quienes confirmaron la misma condición, poco a poco se había acostumbrado a la idea.

Estaba sentada de nuevo en el balcón. Siempre había sido un lugar de reflexión para ella. Últimamente era el único lugar al que podía llegar sin correr el riesgo de desmayarse. La brisa levantó los rizos de su cuello y refrescó el sudor de su frente. Había sido un verano inusualmente caluroso, pero afortunadamente las cosas se estaban volviendo más frescas ahora. Amelia sabía que era poco probable que viviera para ver el próximo verano o incluso el final de este otoño. Tal vez por eso estaba disfrutando tanto del final perezoso de la temporada. Casi como si este verano fuera solo para ella. Es curioso cómo aprecias más las cosas cuando todo podría ser el último.

Adam se había tomado la noticia con especial dureza. Podía verlo a través de una ventana cercana hablando con uno de los sirvientes. Líneas de preocupación marcaron su rostro rugoso. Todavía era muy guapo. Ciertamente de aspecto distinguido, con canas en las sienes y un rostro curtido por el clima.

Su matrimonio no había sido lo que ella había imaginado que sería. Tenían muchos altibajos incluso ahora. Los primeros años habían sido bastante diferentes de lo que habían sido sus expectativas, pero aun así muy agradables. Los primeros años cuando no podían soportar estar separados por más de unas pocas horas. Mañanas llenas de burlas íntimas y renuencia a salir del dormitorio. Tardes de buena conversación y bonitos paseos al atardecer. Tuvieron cuatro hijos en rápida sucesión. Una niña y tres niños que se parecían mucho a su padre.

Bernard y Anna se habían adaptado bastante bien a su padrastro. Bernard parecía dudar un poco en compartir su tiempo con su madre, pero Anna se había enamorado absolutamente de Adam de inmediato. Cuando llegaron sus nuevos hermanos, se alegraron de convertirse en hermanos y hermanas mayores. Cuando los niños más pequeños eran demasiado pequeños para jugar, Bernard les traía pequeños regalos y Anna les inventaba canciones. A medida que crecían, a Anna ya su hermana les gustaba bailar juntas, y Bernard solía llevar a sus hermanos afuera a explorar los terrenos de la propiedad. En los días de lluvia, todos jugaban adentro juntos.

Con el paso del tiempo, las cosas se tensaron entre Amelia y Adam. Tantas luchas de poder inútiles que deberían haberse evitado fácilmente. El suyo era un amor apasionado que ardía caliente y rápido. Lucharon durante días y días, diciendo cosas horribles para lastimarse mutuamente. Y luego, cuando ya no pudieron negar su deseo el uno por el otro, hicieron el amor intensamente y se convirtieron en los amantes más dulces una vez más. A medida que pasó el tiempo, las cosas se volvieron más difíciles de perdonar y se distanciaron.

El matrimonio de Amelia con Quincy la había preparado mal para este. Adam tenía un temperamento completamente diferente al de su primer marido. Quincy había adorado y protegido a Amelia, colmándola de regalos y rara vez perdía los estribos. Adam, por otro lado, era muy lento para apreciar verbalmente cualquier cosa que ella hiciera, pero rápido para criticar. Lo peor de él era su temperamento. Adam definitivamente tenía sangre caliente sobre ciertas cosas. Él la había golpeado un par de veces y ella también lo había golpeado. Aprendió a morderse la lengua sobre ciertas cosas.

Al igual que su primer marido, Adam deseaba tener otra compañía. Amelia no podía culpar por esta debilidad, ya que este elegante héroe de guerra cortejaba fácilmente a las mujeres, incluso cuando no estaba tratando de llamar la atención. Su sola sonrisa hizo que sus rodillas se debilitaron a veces, incluso ahora.

Sin embargo, a diferencia de su difunto esposo, Adam no fue nada discreto sobre sus conquistas. Ella encontró esto extremadamente humillante. Amelia incluso sospechaba que algunos de sus amigos varones eran más que simples amigos. Si ese era el caso, al menos fue más cuidadoso con esa parte porque ella nunca encontró ninguna evidencia concreta.

Sin embargo, lo que era obvio era que se estaban distanciando y no sabían cómo solucionarlo. Eventualmente se preocuparon menos y vivieron vidas cada vez más separadas durante los últimos dos años. Sus asuntos aumentaron en regularidad y Amelia también comenzó a buscar otros compañeros.

Tenían el entendimiento de que, aunque se amaban, a veces no se soportaban. Aunque durante los últimos cinco años vivieron bajo el mismo techo y fueron padres compartidos bastante bien, vivieron vidas muy diferentes cuando los niños no estaban cerca. Tenían excelentes niñeras que a menudo llevaban a los niños durante días, especialmente cuando sus padres se peleaban.

Ninguno de los dos había considerado que ese patrón poco saludable tendría que cambiar algún día. Es decir, hasta que Amelia enfermó. Al principio, Adam no se preocupó, pero con el paso del tiempo quedó claro que se trataba de un asunto serio. Lentamente comenzaron a crecer juntos de nuevo. Cuando se confirmó el diagnóstico, lloraron juntos. Tuvieron una conversación real por primera vez en mucho tiempo. Y por primera vez en la historia, se propusieron pasar tiempo significativo juntos como familia.

Amelia pensó que esto era lo más extraño de su vida. Cómo podía amar y desenamorarse y volver a enamorarse tantas veces y siempre con su propio marido. Era irónico lo cerca que estaban ahora, tan cerca del final. Incluso compartían una cama en las noches cuando ella no tenía demasiado dolor. Él siempre fue amable con ella en estos días. No habían perdido los estribos el uno con el otro en mucho tiempo. Fue como redescubrir a un viejo amigo. Tan extraño cómo resultan las cosas en el último capítulo.

Capítulo 16

Un Puñado De Tierra

5 de abril de 1900

El viento susurraba entre los árboles, trayendo los fragantes aromas de la primavera a quienes estaban junto a la tumba recién excavada. Una foto reciente de Ellen luciendo majestuosa con las manos cruzadas en su regazo estaba cerca del ataúd. Un grupo de unas treinta personas se puso de pie con reverencia, vestidos con atuendos funerarios adecuados.

El predicador, un hombre encorvado de unos setenta años, estaba leyendo Salmos sobre caminar por el valle de la muerte. "Y ahora, si se me permite, leeré una carta como pidió el difunto. Dice: Mis queridos amigos y familiares, lamento mucho causarles angustia. Sé que no puedo evitar que pases por el proceso natural del duelo, pero ten fe en que estoy en un lugar mejor. Estoy con Mi Señor que me dio la vida. Estoy en paz aquí con mi amado hijo que fue antes que yo. A mis hijos: perdónenme por no ser una mejor madre. Hice mi mejor esfuerzo, pero a veces me quedaba corto. Solo espero que puedas perdonar estas deficiencias y recordar las cosas buenas que te di y los momentos maravillosos que pasamos. Los quiero mucho a todos, y cada vez que nos volvamos a encontrar estaré allí para recibirlos con los brazos abiertos".

Mientras bajaban el ataúd a la rica tierra, John, James Jr. y Emma arrojaron un puñado de tierra y luego regresaron a donde estaban sus familias. John puso su brazo alrededor de su esposa, sus cuatro hijos acurrucados cerca. James Jr. y su esposa estaban uno al lado del otro tomados de la mano. Su otra mano descansaba sobre el hombro de su hijo mayor, su hijo del medio abrazaba a su esposa al otro lado. El más pequeño se sentó en el suelo, picando la hierba. Emma estaba siendo abrazada por detrás por su esposo. Sus cuatro hijas están de pie respetuosamente cerca, comportándose notablemente bien.

Todos los hijos de Ellen estaban pensando lo mismo. *¿Se quedó corto? Madre, nunca lo hiciste. Fuiste Madre y Padre para nosotros. Algún día te lo diremos nosotros mismos.*

Capítulo 17

Huesos Cansados

17 de diciembre de 1919

La Gran Guerra. Así era como todos lo habían llamado. Anna lo llamó una maldita molestia, y se alegró cuando los periódicos informaron que había terminado. Había traído tanta oscuridad a la vida de todos y había matado a tantos jóvenes valientes. Anna había visto la guerra muchas veces antes, pero sólo la Guerra Civil, como ahora la llamaban, le había parecido más terrible.

Sus hijos eran demasiado mayores para participar en los combates, pero, por supuesto, sus nietos no. Anna y su esposo Oliver tenían seis hijos adultos que tenían entre cuarenta y cincuenta años. Los que habían sobrevivido hasta la edad adulta de todos modos. Anna nunca podía olvidarse de contar los dos angelitos que habían muerto demasiado jóvenes. Una había muerto de una enfermedad cuando era bebé y otra murió ahogada en un accidente cuando era solo una niña. Después de todos estos años, Anna todavía los lamentaba en su corazón.

Sus hijos le habían dado a Anna la bendición de veintitrés nietos. Cada uno de ellos fue una delicia en la que Anna se había involucrado tanto como fue posible. Cuando estalló la guerra, diez de ellos eran jóvenes de una edad considerada lo suficientemente mayor para ir a la guerra, y ocho de ellos hicieron precisamente eso. Tres de sus nietas también habían servido en la Cruz Roja en el extranjero.

Durante largos meses y años, Anna se preocupó con sus hijos por el bienestar de los jóvenes. Anna recordó cuántos habían perdido hijos en la Guerra Civil. Parecía que todos conocían a alguien con dos o tres parientes muertos. Una de sus hijas solo tuvo tres hijos. ¿Qué pasaría si la guerra acabará con ramas enteras de su árbol genealógico? ¿Cómo se las arreglaría? Aunque estaba preocupada por esto, Anna se guardó estos pensamientos e hizo todo lo posible por consolar a sus hijos.

Era en momentos como ese cuando más extrañaba a su esposo. Oliver había muerto a los cuarenta y siete años. Había sido un día normal y corriente cuando la tragedia golpeó justo afuera de la casa donde estaba lavando los platos. Había habido un accidente con su caballo y se había partido el cuello. Cuando ella lo alcanzó, él ya se había ido. El médico le había dicho que habría sido indoloro y rápido. Había vendido el caballo tan pronto como pudo por un precio mucho menor de lo que valía. Era un buen caballo y ella había estado triste por perderlo. Ella simplemente no podía mirar a los caballos de la misma manera después de eso.

Llevaban casados casi veinte maravillosos años cuando murió Oliver. Ella solo tenía poco más de cuarenta años cuando él murió. En ese momento, Dallas había crecido y cambiado muchísimo. Había negocios y edificios entrando por todas partes. Las diferencias entre los sexos estaban más equilibradas, pero aún así había recibido dos propuestas. Sospechaba que estaban más interesados en su tierra que en ella. Incluso si un pretendiente hubiera mostrado un interés genuino, ella nunca podría haberse vuelto a casar. Su corazón no habría estado en eso y eso habría sido injusto para todos los involucrados.

Una vez que se acostumbró a las noches solitarias, las cosas no fueron tan malas. El querido Joseph había muerto unos cuatro años después que su hijo. El amable anciano de voz suave le había dejado todo a ella ya los niños. Afortunadamente, a sus hijos les encantaba ayudarla a administrar el rancho, por lo que solo tuvo que contratar ayuda externa durante la siembra y la cosecha.

La Gran Guerra había hecho que Anna se diera cuenta de que se parecía más a su madre de lo que se hubiera permitido creer. Ahora que la guerra realmente había terminado, podía relajarse y aceptar lo que realmente había sucedido en lugar de tratar de calmar su mente ansiosa por temores poco realistas. Llegar a un acuerdo con la realidad fue difícil, pero había que hacerlo.

Habían perdido a Mathew y Roger por ataques con gas mostaza. Alexander había estado desaparecido durante un mes antes de que lo encontraran en un hospital en Francia con memoria limitada. Daisy, que había trabajado como enfermera en el frente de batalla, tenía terribles pesadillas que parecían seguirla durante todo el día. Pero ella estaba viva. Eso fue lo principal. Anna oró por su sanidad todos los días. Estaba orgullosa de sus nietos por sus sacrificios.

Tanta muerte y tristeza. Eso es lo que trae la guerra. Pero ya había terminado. Tal vez ahora podría vivir el resto de su vida en paz y ver la vida continuar, como siempre lo hace. Tiene una forma de hacerlo. No importa lo mal que se pongan las cosas, la vida encuentra la manera de seguir adelante. Y no importa lo mal que estén las cosas, hay al menos tanta belleza si miras lo suficiente.

Ahora era una anciana. Con suerte, aún le quedaba mucha vida por delante. Sin embargo, Anna estaría feliz de dejar sus huesos cansados cuando llegara el momento. Algunos días sentía como si sus viejos huesos cargarán mucho más que su peso.

www.ingramcontent.com/pod-product-compliance
Lightning Source LLC
LaVergne TN
LVHW050336160826
845677LV00014B/3636